夫婦という同伴者

曽野綾子

まえがき

人間はいわゆる学校で知識を学ぶように思っているが、私はもっぱら社会から知識を教えられた。

社会というのは、家族以外の人たちの言動のことである。それらを見聞きする場は電車の中、マーケット、知人の家などであり、買物、入院、通勤などに使う時間は、そうした意味で私には常に新鮮な魅力に溢れた時だった。だから私はずっと聞き耳を立てて育ち、人生を送って来た。まさに聞き耳人生である。会議に参加するのではなく、聞き耳だけ立てて、そこから入って来た人生以上に楽しく豊饒で自然なものはなかった。

後年、私は度々政府の審議会の委員になった。その中の一つの会は、委員たちの間でマスコミに対して非公開ということに決まった。つまり会議の場には記者を入れないで、終了後に委員の代表が、今日の議事の進み方を報告する。委員の自由な発言を、心理的に阻害する要因があってはならないと考えられたからである。

しかし始まってみると、会議室の前ではおかしな状況が始まっていた。その審議会の記事を受け持っている新聞記者たちは、非公開のルールを知っているのに、一斉に鎧戸になっているドアに、耳をつけて盗み聞きをしているのである。鎧戸の部分はドアの三分の一ほどの狭い面積だったから、彼らは頭を縦に並べて、会議を盗み聞きしている。どう見ても、あまり麗しい光景ではない。何と言っても非公開のルールを犯しているのである。

私は仕事熱心な記者たちを非難する気は少しもなかった。むしろ「ご苦労さま」と言いたい気分であった。しかし人間社会の現象はほとんどすべての場合に、先端が崩れ、水漏れがし、形がいびつになる。それを知りながらいつも正義の味方みたいな姿勢をとる新聞社が、申し合わせのルールを破っても平気なのは、少しフェアーではない気もした。むしろ普段から、あまり正義を売りものにしない姿勢をとっていれば、すべてのことはほどほどに自然に人間的だと思えるのに、という感じだったのである。それに盗み聞きという行為は、私の感覚でも、どうしても自分に許せない。それも隠れてやるならまだわかるとしても堂々たる盗み聞きは、その人の品性にかかわるものだ。

人生のできごとの味は、結婚生活にしても職場の状況にしても、甘いだけも、苦いだけもない。与えられた味つけを基本にして、自分なりに好みの味に変えるほかはない。酸っぱすぎる、甘すぎる、いろいろ文句を言っていたら、短い人生でも何もまとまったことができないし、最後の自分なりの味つけをする勇気がなかったら究極の楽しみも失う。

このエッセイ集に集められた断片、短編は、そのような調理の時間に拾ったもののような気もする。

二〇一八年十二月

曽野綾子

夫婦という同伴者

目次

まえがき――3

第一章　一人を生きる

第二章　深く人間を学べるのが結婚

第三章　根も葉もある夫婦の事情

第四章　相手を受け入れるということ

第五章 折衷《おりあい》という偉大さ

第六章　運と不運は宿命と考える

第七章　家族という〝荷〟の扱い

第八章 愛は寛容なもの

第九章　人生の理

装幀・本文デザイン――岩瀬　聡
著者撮影――篠山紀信

第一章

一人を生きる

自分に訪れるあらゆる最後を大切にしたい

私はこの九月で八十七歳になる。よくもここまで一応病人にもならずに生きて来たものだ。

私がしきりに六十年働いて疲れた、と言うのは次のような人生の計算の結果だ。生まれてから五年間くらいはさすがに何もしなかったろうから、私が家事の「お手伝い」を始めてからは約八十年である。それなのに六十五年間のようなことを言うのは、確かに年齢詐欺だ。しかし私としては、二十二歳で大学を出るまでは、ほぼ遊んでいたのだから、その分は良心的に差し引いて、労働年月は六十余年と言っているのである。

＊

しかし二十二歳からは、一年の休みもなく働いてきた。病気もせずに、である。よく農村の名物小母《おば》さんに、「お産の時だって一日も寝なかった」という人がいる。私はそれに近い働き方をしてきた。私は家中のことに心配りをしなければならなかった。家の修理、銀行の事務、対外的な人間関係、三人の老親の生活をみること、もちろん息子のこと（あまり手はかからなかったが）。仕事は一時期財団への勤務と著述業の二本立て。自分の道楽としての旅行はサハラなどの僻地へも行ったので、けっこう手もかかった。その間どこで手を抜いたかと言うと、いわゆる夫の生活上の面倒をみること、と、神との対話の時間（祈り）を削ったような気がする。しかし夫は「自分のことは自分でする」人だったし、神は寛大な方だったので、私はまだ見放されてはいないような気がしている。

しかし最近、体力的には、ひどく衰えたのを感じる。二〇一八年三月二十三日、他の知人たちと、東京外環道路の東名ジャンクションの見学をしている時に、階段を昇り降りしていたら視界が暗くなってきた。多分血圧のせいだと思う。地表に上った途端、辺りの視界が乱れた。立っていられなくなってしゃがみ込みながら、「これで私は取材で現場へ行くのは止めにしよう」と思っていた。

人間はあらゆることに、最後があるのだ。だから最終回を大切に決めて迎えねばならない。

今や「こうしたい」ことだけをする

私は、今や、こうあらねばならない、という生活はしないことにしている。こうしたい、ということだけをひたすらするようにしているのだ。それが晩年の誠実というものかもしれない、と思っている。あと何年も生きる訳ではないのだし、現在の私は既に他人に大きな損害を与えるような犯罪を犯す力もない。

月日というものは、過ぎ去ると、ほとんど意味を持たなくなる。今年も三月三日は気がつかないうちに過ぎていた。昔は、「今年も早目にお雛さまを出そう」、というような意識や会話が家族の中であった。それはお雛さまが、生きている人のような存在だったからである。

お雛さまが古くなったから死んだのではない。私の心が老いて、部分的に死んだのである。人形も生きている、と感じられるのは、自分の生が満ちあふれている証拠だろう。

それが枯渇したから、雛人形を年に一度も出さなくて平気になったのだ。

花も実もある私の一日

現在の私の日常生活を一応記しておく。これが二〇一八年に八〇代後半を生きている、一人の生き方だからだ。

朝は、五時から六時半の間に起きる。テレビをつけてBBCかCNN系のニュースを見る。今はよく知らないのだが昔は低血圧だったから、この間に乱雑になった室内を少し片づけたりして、体中を巡らせるようにしている。最近は朝風呂に入ることも多い。夜になると疲れて入りたくなくなる。しかしいずれにせよ、一人でお風呂場で倒れるのも困るから、イウカさんが出てくる七時近くに入ることが多い。

七時から七時半の間に階下の台所で朝食。昔は食事の時テレビをつけなかったが、今は一人の時もあるので、食べながら見るという生き方も悪くない。

朝食はチーズを乗せて焼いたトーストを一枚。もしくは中華の肉まんじゅうを一個。

もしくは残りのご飯かお粥。

けちな精神で、冷蔵庫の中を片づけるという目的が優先する。お粥のおかずには事欠かない。佃煮、塩辛、雲丹、海苔。梅干しは酸っぱいのであまり好きではない。それに納豆。

車の運転をしてくれる佐藤さんは、朝、昼、夜に納豆を一箱ずつ食べるというので、私は言ったことがある。

「佐藤さん、あなた死なないわよ。あんなに体にいい納豆を毎食あがるんだから」

佐藤さんは六〇代のはずである。そして無類のお風呂好きである。夜はお風呂に入ってさっぱりしたところで、奥さん公認のガール・フレンドたちと「お米のジュース」を飲む日もあるらしい。「生まれつき顎《あご》が弱くて流動食しか摂取できない」のだと真顔で言う。こういう逸話を聞きながら、佐藤さんの納豆好きの威力を考えると、彼は死ぬわけがない。

さて、七時から八時にコーヒー、牛乳、バナナなどを飲んだり食べたりしてから、今度はマッサージチェアの中で新聞を四紙読む。このマッサージチェアは、私が乗っていない時は、牡《おす》の直助が丸くうずくまって寝る場所である。直助は雪より早くうちに来た。猫社会の「先任」の威力は大したものだ。直助はどこの部屋でも一番いい椅子に坐る。私の仕事用の革張りのソファも、彼の寝床。「お母さん」（私のこと）が来た時だけ、仕方なく明け渡している。

私は、集中力なく、だらだらと昼頃まで書く。昔から机に向かえばすぐに書けるたちだった。小説も、エッセイも、書く内容と終わりの部分がはっきり見えてから書き出している。この頃は体力がないので、秘書さんが来てからラフな下書きを書き、それをパソコンでお清書してもらうことが多い。

原稿は四百字詰めで書く時もあるが、依頼して来た編集部の都合のいい字詰めで書くこともある。「一行二十六字詰めで一頁二十九行を三枚」などという注文の時にも、それに合わせる。英文タイプでは、まずマージンと呼ばれる紙型を作る。大学時代からそれに馴れていたので、私はどんな字数でも書ける。

途中で郵便が来ると、そちらに気をとられて原稿書きは遅れる。注意散漫という状態の方が書くのに都合がいいようでもある。だから煮物などしていると何回でも味見に立つ。

お昼の食事の時には、家中電話は出ないことにした。秘書だってご飯の時はゆっくりさせたい。呼び出して下さっている方に詫びながら、一時少し前までは原則電話に出ない。

午後の三時に、イウカさんと秘書はお茶をする。私も加わるのだが、甘いものをあまり好きではないから、お菓子は食べないことが多い。自分が何歳くらいの時から甘いものを食べなくなったか記憶にない。つけ加えておくと、私は食事の三十分くらい前に、猛烈にお腹が空いてたまらないことがある。後、ほんの二、三十分待てばいいのに、それができないのがはずかしい。朱門が最期にベッドの足許に置いていた冷蔵庫が、今はお菓子やカップ麺の貯蔵庫になっており、そこにはイウカさんや秘書さんたち用の甘いお菓子もあるのだが、私の塩せんべい類も貯蔵されている。

その間に二匹の猫と遊ぶ。「直ちゃん」「雪ちゃん」と猫なで声で言い、「うるさいなあ」という顔をされる。庭で育っている菜花が残っているのに気がついたりすると、イウカさんに「あれを夕食のおひたしにして下さる？」などリクエストもする。

夕食前六時頃、夕刊を二紙読む。夕食もテレビニュースを見ながら私用に鍋ものなどを送って頂いてあると、イウカさんに「よかったら食べていらっしゃいよ」と引き止める。イウカさんはブラジル育ちだから、夕食は多分自分の好みのものを作って食べたいのだろうと、我が家の晩ご飯は、別にしているのだが、自分が好きなものはイウカさんも好きだろう、と決めるところが私の悪い癖だ。

そして夕食後また、読書かテレビ。ナショナル・ジオグラフィックと呼ばれるチャンネルのものが好きだ。十時頃、寝室に引き揚げる。ドアを少し開けておくから、白い牝《めす》の雪ちゃんは、すでに自分用のプラスチック桶の中で寝ている。牡の直助は、私のベッドの毛布の上に先に行っている。私が「やれやれ」と嘆くと、直助は真ん丸の目で「なにが悪いの⁉」という表情で私を見ている。

窓を開ければ風が吹いてくる

食事は、人と一緒に食べるのが一番いい。人間は、お互いにご飯に招き合うべきだと思う。たいしたものはなくてもいいから。

夫が亡くなる少し前、うちの台所に変な形のテーブルを作った。お手伝いさんも私も70歳を過ぎているので、二人ともだんだん体力もなくなってきて、食堂のテーブルまで食事を運んでもらうのも申し訳ない時があった。台所の流しから1・5メートルのところにそのテーブルを作ったから、煮物ができたらすぐに並べられる。お醤油を出すのも一歩歩けば済む。とても気楽で最近はもっぱらそのテーブルを囲んで食事をするようになった。

カトリックにおいても、食事は大切なものとされている。「コミュニオン＝共食」という考えがあり、それは食べ物のみならず精神的なつながりやなぐさめにも波及するからだろう。

昔、ペルーの田舎町を訪ねた時のこと。日本で集めたお金で現地に幼稚園を建てるための旅であった。レストランなどないようなところだったが、戸外の葡萄棚の下のテーブルに案内された。ひとつ空いている席があったので、隣の日本人の神父に小声で「どなたかいらっしゃるのですか？」と聞くと、「いえ、誰も来ないと思います」という。

あとで聞いた話だが、それは「神の席」と呼ばれるものだった。通りがかりの貧しい人や旅人を気楽に招き入れるために、いつもひとつ空席を作っておくのだとか。一般の家庭でも毎日そうしている人がいるという。

日本ではそんな習慣は聞いたことがない。最近の日本人は友達同士でもめったに食事に招かない。日本人が貧しくなった理由だと思う。めざし3本に味噌汁だけでいいのに。夫を亡くして寂しいというような人こそ、互いの食卓に招き合えばいい。

新たな人間のつながりによって、人生を知る面がある。女たちのおしゃべりは、なぐさめにもなり、「知り合い度」を深めることにもなる。それにお金もかからない。

もちろん、それでその人の寂しさを完全に埋めることはできないし、問題を100％解決できるわけではないだろう。けれどこの瞬間、誰かとご飯をして食べておしゃべりをして、疲れて帰れば余計なことを考えずにすむかもしれないし、人の話を聞くことで、やっぱり世の中にはいろいろな苦労があるのだとわかるかもしれない。

窓を開けておく、という表現がある。いつも自分が一番不幸だと思うのは、窓を閉ざしているからなのだ。窓を開ければ風が吹いて来る、「そうでもないよ」と囁いてくれるのかもしれない。

なぜ家で食べる食事が大事なのか

大事なのは、家で食べる食事だろう。私が家でちゃんとご飯を作るようになったのは、五〇歳を過ぎてからだが、今でもこれだけは手を抜かない。家にいれば、大体自分で料理する。メニューを考えるのは面倒なので、一食を魚、一食を肉にしている。これも、いい加減に考えるのがいい。

一種の思い込みかもしれないが、家で作った食事というのには、何か魔力のような力が潜んでいる気がする。栄養学的には、ちゃんと栄養士さんが計算したもののほうがいいのかもしれないけど、家で作った食事には、「今日はイワシが安かったから買ってきた」とか、食卓に上るまでのさまざまな経過があるから楽しいのである。

その物語の中に、それぞれの家の個別的な意味があると思うし、それが夫婦の会話にもつながる。だから食いしん坊も手伝って、私が食事だけは一生懸命に作っていたのである。

人生はだるい、それでいい

私は、母が三十三歳の時に生まれた第二子だという。第一子だった姉は、三歳の時に肺炎で死んだので、母は生きていられないほどに悲しんだ。姉がきれいで利発で性格がいい子だったのと、母は父と夫婦仲が悪かったので、希望の与え手は配偶者ではなく、ひたすらこの子供だと思っていたせいもあるだろう。私は、この世で会ったことのない姉の死から、十年近く経って生まれた子供だと聞いている。

だから……ということもないのだが、私は不遜な信条を持って育った。自分の世話は、必ず誰かがしてくれるだろう、という思いである。

言い訳になるが、私の幼時は戦前で、私の家のような中産階級にもお手伝いさんが必ずいた。その家の主婦の、出身地の田舎は、娘が年頃になると昔からよく知っている都会の縁者の家に娘を送って、少なくとも数年間は行儀見習いをさせることになっていた。

行儀だけではなく、そこで料理や言葉づかいも覚えさせるのである。

田舎育ちの私の母が、本当は行儀や言葉づかいの「先生」になれるわけもなかったが、今思い返しても、母は微妙な敬語も使えた。「どこで覚えたの?」と改まって聞いた覚えはないのだが、母は田舎から東京に出て来て昔の女学校に入って、文学少女になり、谷崎潤一郎や佐藤春夫や泉鏡花の作品などをたくさん読んだ。だから言語は、小説で覚えたと言わんばかりだった。

母はしかし終生、田舎料理しか作らなかった。一時フランス料理を習いに行くことを誘われていたが、あまり熱心でなかった。しかし私が幸運だったのは、幼い時から、母の作ったおいしいお惣菜を食べて育ったことだろう。大根、里芋、牛蒡《ごぼう》、自然薯《じねんじょ》、などを田舎育ちの母は始終食卓に載せ、私もそれらの料理の味が好きだったことは後年大いに役立った。

しかしなぜか母は、私に料理を仕込まなかった。その代わり、私に語学の勉強をさせ、日本舞踊を習わせた。戦時中で世の中全体がいい加減な時代になっていたので、私はまもなく水木流の名取になった。その結果は一つだけ残っている。私は盆踊りだけは、すぐに入って踊れる、という自信をつけたのだ。盆踊りの輪に入れない人は気の毒だ。私は踊りが下手だという自覚があるので、どの踊りの輪にも平気で入って楽しめるようになったのだ。

　幼時の私はひどく虚弱だった。そのためにいっそう極端な清潔の中で育てられたので、その時期に身に着くはずの免疫力にも欠けた結果ではないかと思われる膠原病が、近年になって発見された。ただし膠原病（私の場合はシェーグレン症候群）は「薬もなく、医者もいません。治りません。しかし死にません」という病気で、夫の三浦朱門が生きていたらいつもの通りユーモラスに、「それはよかった。金のかからない病気だ」と言うだろう、と思う。時々微熱が出て、起き上がれないほどのだるさに悩まされるが、治しようがないということは気楽だ。

　人生＝だるいこと、だと思って生きている日々があるが、人生はどんな姿だって人生だから、それでいいのである。

　生まれた家が、その日の暮らしに困るほどではないとすると、私のような子供は、大人の世話を充分に受けて育つ。学校へ通う朝、今日はどの程度の厚さの下着とどのオーバーを着るかは、母が判断してくれる。典型的な過保護児童の生活である。家に帰って来ても、手伝う家事はそれほど多くはなかった。掃除も済んでいる。夕飯の支度は母が半分し終わっていた。私はそれでも、薪と石炭を燃料とするお風呂焚きの責任を割り当てられていた。一度、石炭をたっぷりくべると、十分間ほどは自分の机に帰って、本も読めた。ただし大学へ入ると、私は学校の帰りに毎日、夕食のおかずを買って帰るほど家の仕事を割り当てられるようになっていた。

「させられる」から「してみよう」へ

すべてのことは、「させられる」と思うから辛かったり惨めになるのであって、「してみよう」と思うとどんなことも道楽になる。うまくいった時は、かなり贅沢な思いにもなれる。家事もやってみれば楽しくおもしろい、と思える人もいるはずだ。

奥さんも愛情があるなら、今すぐにご主人を躾けるべきだろう。長年連れ添った夫婦でも死ぬ時は一人なのだ。

ことに男性が残されて、家事もできないようでは気の毒でたまらない。

＊

妻にとって夫の死が恐怖そのものなのは、収支の道を絶たれるからであり、外界との交渉の方法がわからないからだ、ということがある。本当はすべての女性は夫の死後、自分で生きられる方途を常に考えて訓練しておかねばならない。私の育った学校は世間ではお嬢さま学校と思われているが、アメリカ人の修道女の学長が教えたのは、ひたすら自立する力であった。英文科の学生は、私のようなドロップアウト寸前の学生でも、英文タイプをブラインド・タッチで打てるようにさせられていた。それはすぐ英語のできる秘書としての職にありつくためであった。また学長は、「あなたたちは夫がもし死んだら、子供たちを育てて行かなくてはなりません。だから必ず教員免許を取りなさい」と言い聞かせた。それで私も「そんなものか」と思い、資格を持つようになったのだが、後年、先生という仕事ほど自分に向いていないものはないことがわかったので、それを使ったことは一度もない。しかし「配偶者の死後でも人は生きることを命じられている」ということを、この学長は私たちに叩きこんだのである。

夫にとって妻の死が恐ろしいのは、正直に言って精神面だけではないだろう。先に述べたように男たちの中には、家事が全くできないのが多いのだ。半分興味、半分実用で学ぼうとする気もない頑なな人も多いのである。だからその男は、妻がいなくては、精神的にだけではなく、肉体的にも生きていけない不自由人なのである。私の実感によれば、料理というものはほんとうは死ぬまで続く奥の深い実用的な芸術である。私は最近になってますますその感を強くしている。

孤独の中に人生の意味を見つけて死ぬ

一口で言えば、老年の仕事は孤独に耐えることだ。逃げる方法はないのである。徹底してこれに耐え、孤独だけがもたらす時間の中で、雄大な人生の意味を総括的に見つけて現世を去るべきなのである。これは辛くはあっても明快な目的を持ち、それなりに勇気の要る仕事でもある。

思えばやはり、孤独というのは、青春の言葉ではなかった。老年の孤独には、歯が浮くような軽薄さがない。それはしっとりと落ち着いている。

恐らく私を始めとして、多くの人々が老年と晩年の孤独を恐れている。或いは、予想もしなかったその孤独の到来に当たって、苦悩に身をよじっているか、自分の死を早めることさえ願っている人もいるだろう。

しかしすべて人間は不純なものだ。人々はなかなか「その通りにはできない」のである。つまり喜んで生きることもできないが、自殺する決意もつきかねているのである。

第二章

深く人間を学べるのが結婚

一時が万事

たとえば、私は性格の合わなかった両親を、母の望むままに離婚させた。母はほっとし、それからあまり楽になってしまったせいだろうか、ぼけてしまった。その後の彼女は、あれほど苦にしていた夫と別れられたことをあまりしあわせとも思っていないらしかった。決して父母の離婚を手伝うことこそ、子の勤めなどと思ったのではない。しかし、私はそれで父母を少しは楽にするつもりだった。しかし、もしかすると、母には一生父の傍《かたわら》で、神経の休まる時がないような生活をさせた方が、年をとらなかったのではないか、と思う時もある。

一時が万事である。私はきわめて原始的なこと以外、このごろ、何も信じていないように思える。原始的なこと、というのは、人が死なないこと、とか盗まないこと、とかそんなもので、後は仲のいい夫婦にはいい夫婦の、悪い夫婦には悪い夫婦の、それぞれの悲しみと救いがあるのだし、貧富にも、成功不成功にも、強弱にもそれぞれの美しい要素と醜い要素が含まれているとしか思えない。

「賢さ」にも人生の落とし穴はある

いままで赤の他人だった男女が結婚して夫婦になる。こんな人間関係が社会の常識としていつ頃に完成し一応安定したものか、私はよく知らない。昔は決して一夫一婦ではなかったし、現在は外国語では、夫とか妻とかいう言葉をあまり使わなくなった。パートナーというのが一般的であるらしい。つまり婚姻届などしてあっても、していなくても、問題ではなくて、今日ただ今生活を共にしている男女なのだ、ということだろう。

私は呼び方などというものは、多くの場合まあどうでもいいと思うのだが、一人ずつの男女が一緒に暮らすことを世間に認識させた上で共同生活をするということは、実によくできた制度だという気がしている。

というか、人間関係については、人間はそれほど斬新的に変わることはできないのである。好きになると、相手にとって自分一人が愛の対象になることを望み、そこに「割り込む奴」がいると嫉妬し腹を立てる。もちろん関係の変形は無限にある。好きだと言いながら妻の経済力を利用している夫もいるし、夫が異性関係にだらしがなくて、いつも女性問題を繰り返しているような夫婦の妻の中には、いつのまにか夫に対して母のような眼差しを持つようになる人もたまにはいるのである。しかし結婚して夫婦となるというしがらみは、通常異性を知るためには、まことによくできた人間関係であり、制度だと私は思う。

世間には優しいお父さんを持つ幸運な家庭がある。お父さんは家で荒い言葉など決して口にしない。いつも機嫌よく、妻子の毎日の幸福をすべてに優先している。そういう父親を、私は若い時に何人か知っていた。するとこうした父親の娘として育った女性は、皮肉なことだが、結婚に失敗することが多いのである。

娘が夫として選ぶ男に対する眼がなかったのではない。そうした家庭の娘たちの多くは、私から見ると賢い女性たちだ。しかし賢さにも人生の落とし穴はあるのである。つまり彼女たちはあまりにも抵抗なく育ったので、世の中の裏を知ろうなどという意識を持たず、すべての世界の男たちは父親のように穏やかな家庭生活を率いて行くものだと信じ切って、内実はもっと未熟で自分勝手な男を選んでしまうのである。

多かれ少なかれ、人間の性格には隠された部分がある。意図的に隠しているわけではないにしても、簡単には表に出ない部分がある。それはデートの段階ではわからない。毎日生活を共にするか、何か非常事態にならなければ表にあらわれて来ないものだ、ということは多いのである。

結婚してよかったと思える「私」

結婚してよかった。こんなことを書くと、どんなお人好し、バカかと思われるか知れぬと、気にしながら書くべきなのだろうが、そうは考えない。私は今の家庭がありがたくてたまらないのである。

娘時代、私は、結婚はするかも知れないけれど、そこに希望などある訳はない、と考えていた。それは娘らしい観念論ではなかった。私は、性格の全く合わない父母の結婚生活を見ていたから、結婚というものは、うまく行って我慢の連続、悪くいけば地獄そのもの、というふうに考えていた。

私は二十歳か二十一歳ぐらいの時まで、最も純粋な女の生き方は、好きな人の子供だけもって、ひとりで暮らすことだと考えていたのである。私はそんなふうな小説を書き、それを臼井吉見氏にお目にかけて、何ともアイサツに困るというような顔をされたこともあった。

私の結婚した相手がたまたま心理分析の好きな人物だったということが、私にとって幸いだったのである。彼は私が、小さい時からたくさんの「怖いもの」を持って育ち、見かけの割に、精神がイタんでいて健康でなく、すぐどこか深みにはまりそうになるタイプであることなど万事承知で「貰ってくれた」のである。

もっとも、彼はさすがに、自分ひとりで、そういう厄介な女房を背負うのは大変だと思ったらしく、私にも精神分析の自家療法ができるように訓練した。しかし、それで、私の人格が改造された訳ではない。私はそれからも、たびたび危機に陥った。私は不眠症のひどいのにかかり、数年間を、末梢神経が体のあらゆる部分から、じかにむき出しになったような過酷な思いに耐えて過した。その間に、彼は私の精神分析をし続けてくれたので、ある日、私は気がついてみると、私のあらゆる情熱の根源と行先はきれいに分析されてしまったように思われた。

このような結果について、私は私から一途な執念の火を消してしまった夫をある意味では怨むべきかとも思ったが、とにかく一時のようにあらゆることが辛くはなくなったのである。私は夫に深く感謝して、結婚などすべきではない、と思ったのは、とんだまちがいだったと考えた。結婚しなかったら、私はどうなっていたかわからない。

「風、光、木の葉とならん」

結婚生活というものを、電気製品メーカーの広告にあるようなおきれいごとに思うと、あの世界にぜひ自分も入りたい、という気にもなるけれど、どんなにうまくいっている結婚でも、気楽に自分をのばせる、という点では、自由なひとりものの生活に及ばない。

「風、光、木の葉とならん」

という清らかですがすがしい詩の一節のような暮らしは、ひとりものならばできるかもしれない、と私は思うのである。

「結婚というものはハシカのように一度はしてみないと人並みではないように思うでしょう。だからあまり気のすすまない相手だったけど一緒になってみて、結婚に対する甘い夢もさらりと捨てられたわ。けれどおかげで子供はもてたしね。旦那さんは女好きで気の小さいうじうじした男だったから、別れるのに何の未練もなかったし、今、子供をつれてさとへ帰って、水いらずの親子三代が暮らしているけれど、こんなふうに安定した気分になれるのも、一度結婚生活に失敗したおかげだと思うの。第一、母がね、内心一人娘の私が帰って来たのを喜んでるのよ。エゴイストだと思われるのがいやなんでしょうね、口には出さないけど」としみじみと語った女性があった。

自分にないものを思って不幸になることは誰にでもできる。けれど、自分に与えられているものを感謝して受けとめることは案外難しいらしい。どんなくらしにも、それはそれなりに、どこかによさがある筈なのだけれど。

＊

或る人は、私が結婚に期待しなかったからいいのだ、と言ってくれた。仲の悪い夫婦の娘は、結婚生活は火宅だと感じている。それから思えば、たいていの男との「ちっとはましな」家庭を作れるのが自然だからだという。

それはまことにうがった見方である。私の親友の一人は、実に仲のいい夫婦の娘であった。彼女は、自分の父親を見ていたから、世の中の男というものは、皆父のように、包擁力があり、ユーモラスで優しいものだ、と思い込んでいたという。彼女はその父とはかなり正反対の性格の男性と結婚して、数年間で離婚したのだが、こうなると、一人の娘が育つ家というものは明るい平和なものがいいのか、私のように気の休まる折もない火宅できたえられる方がよかったのかわからなくなる。もちろん、まともな返答としては、私は自分の体験を省みても、やはり家庭は明るくて平和な方がいい。しかしいびつな家庭があったらあったで、それなりに教えられるものはあるのである。

第二に、私の家庭は、三浦朱門の賢明さかいい加減さかわからぬようなものによって保たれているという説である。私の父と違って、私は夫がいらいらしているのを、あまり見たことがない。彼によればそれはまだ小学校の時から習い覚えたインチキな精神分析のお陰だというが、夫はいつも悠々と自分のやりたいように生きており、中学生のように幼稚でユーモラスである。しかしそれだから、我が家に苦労がないというわけでなく、私たちも人並な程度には、笑いながら重い生活を引きずって来た。深刻になってもつまらないから、できればふざけて切り抜けて来た。長い間私たちの家庭は、三浦の両親、私の実母、我々夫婦と息子という家族構成であった。今、息子は結婚して名古屋に住み、私の母が亡くなって、夫の両親は八十六歳と八十五歳である。二人は別棟に住んでいるが、食事は私たちの所で作って運んでいる。

相手を知ることは、自分を知ること

人間が何のために結婚するのかという問題に関しては「性欲」とか「繁殖」とかその手の第一義的なものに始まって幾つもの理由があると思うのだが、私などはその中で「人間を知ること」をかなり大きな理由としてあげねばならないように感じている。人間を知るなどということは、本当はどんな関係に於いても、いつでもできると思う。学校でも、職場でも、友達付き合いでも……。しかし理論と実際はなかなか噛み合わない。職場の上司や下の人に向って、彼の心理状態を根ほり葉ほり訊くわけにも行かないし、彼の月給の使い道を明らかにして見せてくださいとも言えない。人間の日常的な行動の背後には、なみなみならぬおもしろい心理の裏づけがあるのだが、それを知るためには、異性の場合には、家族か、準家族にでもなる他はないのである。

そしてこの、相手を知る、知りたいという操作の背後には、実は自分を知る、知りたいという隠された情熱があることも認識しなければならない。長い年月、牢獄にいる人が、自分一人を見つめ続けて、或る種の悟りを開くということもあろう。しかしごく平凡なケースとしては、私たちは、他人と自分の個性がぶつかった時に、とりわけよく自分がわかるのである。

相手によって自分の未知なる部分を発見する

私が夫から教わったことは、これはかなり高級な判断であった。夫は私に、他人に親切にではなく、冷酷になれ、と教えたのである。世の中の多くの人間関係は、他人が口出しできないような部分が多く、従って当人をよく知らない他人の親切というものは、嬉しいよりも面倒に思われる場合が多い。だから、親切という形で相手の生活に介入するよりも、不親切という形で、じゃまをしない方がいい、と夫は言ったのである。

おもしろいことに、そういう彼自身は、あまり人情的ではなかったが、不親切ではなかった。そして私は、親切であることが他人を困らせるなどという事実を考えたことすらなかったので、そのからくりを大変に新鮮に感じた。私自身は、親切というより、ややおせっかい、という感じがなきにしもあらずの性格でその癖はなかなか完全には抜けそうになかったが、同じ行動を昔ならいいこととして疑いもなくやったのに、夫にそう言われてからは、絶えず悪いことをしているのではないか、という恐れを抱きながら、やるようになった。しかし人間は一つの行動を自信をもってやるのもいいけれど、いつも疑念をもってするのも悪くない、と考えられたので、分裂したまま生来の癖も多少残して暮らしているのである。

つまり、人間は他人から、実に思いもかけぬ面を指摘され、そこで自分の姿を発見するのである。他人から発して長い深い付き合いをするようになる夫婦の場合は、もっと強く、自分の未知の部分を相手によって発見し、さらに成長か堕落か知らないが、能力や性格の変質までなされる場合がある。これは大きな声では言えないことなのだが、私はもし自分が好きになって結婚した相手がスリだった場合、夫に指導されて、心を合わせていいスリになろうと努力するのではないかという気が、昔からしてならないのである。もちろん、夫をいさめて、スリから足を洗わせるという手はある。社会的には、その方が周囲に迷惑をかけることにならないし、いいに決まっているのだが、夫婦の感性という点でだったら、私は妻も夫と同じように、いいスリになるように心がける姿の方がずっと好きである。

価値観の相違から悲劇が生まれる

夫婦が長く一緒に住むことになれば、もっと複雑な問題にでくわさなければならなくなる。しかしさしあたり新夫婦は単純な点について、結婚式という雑事を通じてお互いの物の考え方を確かめることができる。つまりそこで二人はお金の使い方、世の中の「権威」といわれているものに対する志向の度合、父権の強さ、伝統的なものに対する愛着度、見栄っぱりの程度、協調性のあるなし、などをお互いに計ることができる。それらは、いずれも大したものではないのだが、夫婦がくい違うと大きな悲劇になってくる。

奥さんに対してやや尊大な態度をとる夫がいた。ある日、夫婦で歩いていると、夫が急に尻尾を振っている犬のようになった。見ると向うから、有名な代議士が歩いて来るのだった。妻は自分にはかつて見せたこともないようなぺこぺこした態度で相手に挨拶する夫を、深い侮蔑の思いで見ていた。

私の体験によると、威張る人というのは、自信のない人である場合がけっこう多いのだが（もちろんすべての人がそうだというわけでは決してない）、自信のないことそのことよりも、それを隠そうとするためのむりが出てくる。その心理のはね返りがどこに現れるかというと、多くの場合、気兼のない妻に対する圧迫となって現れる。だから結婚式の相談をしているうちに、相手が嫌になって破談にしたなどというのは、災いを最小限にくいとめた幸運と思うべきなのかもしれない。

物の考え方の成長が、結婚のもたらす比類のない贈りもの

結婚というものが、いかに不合理なものかは、努力をしてもうまく行かないことがあることによって示されている。この世のたいていのことは、努力することによって、多少は状態が好転するということが多い。しかし結婚だけはそうは行かない。これは九〇パーセント運である。だから私は結婚しなければならない若い人たちが気の毒である。しいて言えば、結婚相手に一切の条件をつけないことが、努力に相当し、条件をつけることが自ら幸運を取り逃がすような行為に繋がるかもしれない。しかし、この条件派の人々は、必ずと言っていいほど確固たる信念に満ちており「大蔵省の役人なら娘を幸せにできる」とか「東大出なら出世間違いなし」とか、ちょっと物事を複雑に考える人なら、とうていついて行けないような判断に凝り固まっているから、これを改変させることは不可能に近いし、させても気の毒という気がする。

私が結婚を不合理だけれどおもしろいものだと思うのは、野獣が落とし穴に落ちるのと同じように、人間がワナに捕らえられることがある、ということである。「背の低い人だけはいや」と言っていた女性が、数年たってみると、自分より背が低く、そのために一層総身に知恵が廻っているように見える賢げな青年によりそっていることがある。彼女は一生、「ハイヒールをはいてダンスを踊れる相手と一緒になりたかったわ」と言うような愚痴を言って見せるかもしれないが、心の中では現在の夫との生活を貴重に思うようになっている。

この価値観の突然の変質、物の考え方の成長が、本来、結婚が平凡な私たちにもたらす比類なく大きな贈りものである。

それにはまず相手に会わなければならない。それから結婚にすすむかどうかを考えても遅くない。

結婚を望むと言いながら、会わない前に条件をつける人、というのは、結婚をではなく「商取引」を望んでいるだけなのであろう。

自分の内なる価値観に従える強さ

ある上流階級の家庭に育った青年が、いわゆる水商売の女性を愛した。まじめな恋であったが、親は承知しなかった。一家は大騒ぎをした挙句、その女性を無理してアメリカに留学させ、青年が海外駐在になったのを機に、そこでたまたま知り合って結婚した、という形にしようとした。

青年の親たちは、息子の嫁に、家柄のいい娘がほしかったのである。私は、そういう気持ちがわからない。愛する息子が愛した人なら、そわせてやりたいと思わないのだろうか。

同じような、やはり大きな会社の経営者の家の息子があった。彼は名門の大学をでて、世間的な出世コースを歩くだろうと思われていたが、父親の会社をはなれて、自分の特技を生かして自動車の修理工場を始めると、子供づれの、いくらか年上の婦人と結婚した。

友達は、彼の変化をしばらくの間は信じられなかった。しかし訪ねて行って見ると、彼は学生時代よりも色艶よく、油にまみれて働いており、しかも夫人の連れ子を、はたの見る目もほほえましいほどかわいがっていた。ほのぼのと、温い感じの家庭であった。

その中である図々しい友人が、君はどうして、こういう境遇にわざわざ好んでとびこんだんだ、と尋ねた時、彼は、傍らに夫人をおいたまま、静かにしかも毅然として答えたのである。

「うちの女房はな、苦しい時代にパンパン（売春婦）しとったんや」

友人ははっとして夫人をみた。すると夫人も静かに頷いて微笑を返した。凄じい夫婦の信頼の表現であった。たとえこの人の過去に何があろうとも、そのまま愛して行こう。そのためには、万一親に迷惑がかかることを怖れて、自分は全く独立して生きて行こうとしているのだ、と彼はぽつりぽつりと語った。

私がもし、このような息子の母だったら、息子の勇気ある、しかも純粋な行為を多分ひそかに誇りにするのではないかと思う。

第三章

根も葉もある夫婦の事情

結婚は、いちばん大切にすべきものを証明すること

私は総ての人間世界のできごとを、「大切順」に並べて考えるより仕方がない、と思っている。「大切順」というのは、プライオリティー・オーダー（優先権）のへたくそ訳である。人間の持ち時間も限られている。人間の金も限られている。それで全部に万遍なくよくしたり、使ったりすることはできない。

たとえば、時間にせよ、物にせよ、第一に大切なのは人命救助に関することだという点では、九割までの人が一致をみるだろう。命そのものを考えるとしたら、いつの時代においても、助けなければいけないのは、常に若い者であるという点についても、地球上の人々はそれほど反対を唱えないと思う。人間は五十年も生きれば、何かの緊急時には、生のチャンスは若い人に譲るべきだと私は考えている。だから船が沈みそうになった時ボートに乗せるのは「女と子供から先に」という昔からのルールが出て来る。私としては「女」の方にはいささか異論があるが、子供の方はまことに当然だと思われる。

女が先というのは、まだ地球上の社会が未開で人口が希薄だったころ、女は生殖に直接寄与できる性として、社会の一種の共通財産のように思われていたから、そういうルールができたのであろう。

しかし命の次に何が大切かということになると、もうその人の趣味、人生観、哲学などで、その順位が変わって来る。たいていの人にとって子供というものは、大切の順位でぐっと上のものだが、それでもたまに、自分がパチンコをする間じゃまなので暑い車の中に閉じこめておいて死なせたり、若い男と同棲する場合足手まといになるので不当な折檻をしたりして、死に至らしめるのである。

その順序は、「つけられないもの」ではない、と私は思っている。誰もが大切な存在であることには変わりはないが、夫からみれば、自分の妻子が大切であって、その次に親や兄弟、友人などが来るのがふつうであって、これが妻より母が大切、とか、夫より実家の父が重要ということになるなら結婚しない方がいい、と私は思う。なぜなら、人間は、そもそもくだらぬことにさえ、二つを選べない。聖書には、「神と富とに仕えることはできない」と書いてあるが、そんな高度の対象ではなくても、人間は一枚の衣類を身につけたら、別の服を着ることを諦めねばならないものだと、いつかいい例を教えられた。

一番大切にすべきものを、証明することが結婚なのだと私は思う。妻子が大切でないと思われる場合もたくさんあることを、私は否定しないが、それならそれで、結婚を解消し、その関係も公然と入れ替えた方が、混乱を来たさなくていい。

結婚生活の不満を病気に逃げ込む妻、夫

結婚生活の不満を病気に逃げ込むことでごまかす妻はかなり多い。そしてそれほど多くはないが、自分の社会との不適合を、これまた半分人為的に体を壊すことで病気という口実を作り、それに逃げ込む夫もけっこういる。

さしたる理由もなく病気がちな妻は、多くの場合、生きる目標を持てなくなっている人々である。通常人間は、ほっておいても生きる目的を持つものである。その目標はさまざまである。金、出世、家を持つこと、というような現実的なものから、ヒマラヤに

登りたい、詩吟の日本一になりたい、バラの新しい品種を植えたい、というようなものまである。そんな大きな望みではなく、孫の花嫁姿を見たい、金婚式に「お父さん」と二人でハワイに行きたい、というような自然なすばらしい目標を持つ人も多い。

失意、不運、喪失などが病気の原因になることも一面の事実だが、同時に挫折、不幸、愛する人との別れなどが、却ってその人に生きる力を与える場合もある。何不自由ないのに、鬱病にかかって、生きる意欲を失っているという人は、むしろ何不自由ないから、生きる意欲を失うのである。

「妻には充分にお小遣いも自由も与えてあります。子供たちもまともに育っています。家もあります。それでも彼女は不幸だというのです。夫としての私はどうしたらいいのですか」という夫の気持もよくわかるが、こういう妻は、むしろ夫の会社が倒産でもすれば、共に運命をしょって立ち、何不自由無い境涯よりはいきいきとするかもしれないのである。

何も無くても相手を愛す

結婚した後の夫婦が趣味が違った方がいい、という説があるが、私はその点、原則としては反対である。鶏が先か卵が先かという論理と似たことになるが、うまく行っている夫婦ならごく自然に相手の熱中していることに興味を持つし、自分の興味に関心をもって趣味を合わせてくれる相手に対しては好きにもなるのである。

もちろん、おもちゃの汽車ポッポに夢中になっている夫の気持がどうしてもわからない、というままに、うまく行っているご夫婦もいっぱいいる。しかし私の父のように、相手が興味をもっていることを次々とつぶして行って、それを罰の代わりにするというのは、策のもっとも下なるものと言うべきである。

共に暮らす者の希望を叶えてやろうとするのは、もっとも自然なむりのない感情であって、それがなければ、家族を構成する意味がない。その理由は第一に、家族ででもなければ、誰もこまめにそれほどの心配りをする者がないし、第二に夫婦というものはそもそもの出発からして、他人が他人でなくなるという理不尽なものだから、その希望がたとえば「人を殺したい」とか「盗みたい」とかいうようなものでない限り、盲目的に叶えてやっていいのである。いや法律さえ、夫婦、親子は犯人と知りつつ、配偶者や子供をかくまうことを認めている。それほどに盲目的な、理屈に合わぬ同調をさえ承認しているのである。だからそれがない夫婦というものは、どうも本質的に夫婦ではないような気がしてならない。

*

女房が怪しげな宗教の神さまにお金を持って行くのを怒っている夫もいるし、夫が恵まれない人たちへの寄付を何一つ認めないことを、夫の人間性の貧しさと見ている妻もいる。夫婦が揃って守銭奴であったり世話好きであったりすれば問題はないのだが、くい違うことの方が多いのだから、お金は結婚を続けて行く上でやはり大きな要因となる。「金で解決できることくらいは解決する金」は持った方がいい、と私は思う。しかし金の力で本ものの信頼や尊敬やいとおしさを買うことはできない。金もなく時には健康さえも持ち合わせていなくても愛され得ること。それが男女共に最高の姿だと思っている。

夫婦の間にも「本質的な礼儀」はある

長い年月、結婚生活を続けて行ける、ということは、家庭が自分にとって休まる所だから続くのである。しかしそのことと無作法を改めようとしないこととは別である。無作法のもとは、相手に対して色気を感じなくなるからである。それはどちらの責任でもあろうが、夫婦の間の本質的な礼儀を欠く、という現実に変わりはない。普段、知的な夫が、一度泥酔して、いつもと全く違う言葉を吐き、戻した食物を路上に散らしている姿を見た妻が、それ以来、どうしても以前と同じような尊敬を持てなくなったという実例を知っている。反対に、結婚生活に馴れた妻が、スリップ一枚でごろ寝をしている自分の上をまたいで通って行ったのを見て、これがあの結婚式の日の妻と同一人物だろうか、と思ったという夫も知っている。

ありがたいことに、無作法をやめるというのは、たとえばタバコをやめるより簡単である。「夫婦は他人」という原則を思い出せば、家の中の礼儀は多少守りやすくなるのではないだろうか。

結婚成功者など奇蹟に近い

結婚成功者などというものが、この世にあると思えないが、もしあるとすれば、まちがいなく、それは、かなりの甘ちゃんで、おめでたい人間に違いない。人間の個性はそもそも対立するようにできているものだと思う。何千人もの人間の中には、稀に、相性のいいという人もいるかも知れないが……それは奇蹟に違いない。

＊

外国では離婚する時が大変らしい。日本でも慰謝料だか財産分与のことで揉め、裁判ざたになることもある。最初から結婚ではなく、パートナーの関係に留めておけば、今日にでもその関係を解消できるのだという。

どこでも祖父母が孫を可愛がる気持ちは同じだ。赤ん坊は待たれて生まれてくるし、祖父母は会うと眼を細めている。しかし厳密に言えば赤ん坊は週日は母とだけ暮らし、父親は別の所に住んでいて週末だけいっしょになる、という暮らしだ。

別にどこにも悪いことはない。誰に迷惑をかけているわけでもないし、赤ん坊の父は子供を認知し、経済的にも責任を果たしている。

パートナーという言葉を辞書で引くと、ちゃんと「配偶者」「つれあい」という意味が記されている。夫または妻のことだとも書いてある。しかし語源は「部分を共に担う人」としか思えない。「相棒」という意味もあるが、「相棒」と言うからには、多くの場合、お互いを信頼して、一つの体験を共有し、たいていの場合、困難はあってもうまく行っている場合を指している。

考えてみると、書類、婚姻届を出して、いわゆる結婚生活をしていたところで、夫婦が完全に心を許している場合ばかりではない。初めから性格が合わなくて、ほとんど会話のない夫婦もいる。やたらにいばりたい夫に対して、「私はまるで、ホテルのメイドみたいな口きいてるの。その方が一番問題が起きなくていいんだもの」と言った人もいた。この人は、或る種の賢さを持っていて、そうしていた方がお互いに楽であることを発見したのである。

本心を決して夫に言わない妻など、私は何人も見てきた。うっかり心を許そうものなら、怒られるか、冷笑されるか、報復されるかだから、面倒くさくて、つまり言わない習慣がついたのだという。

そういう妻は、自分が会った人をすべて夫に告げもしない。見てきたことも、無難そうなことを選んで喋るだけだ。こうなると、まさに「人生の部分だけを共有している人」である。だから紙の上の正式結婚だってパートナーでしかありえない場合も多いのだ。

裏表を使いこなしてこそ一人前の人間

夫婦にも親子にも、裏表があっていいのだと思う。子どものときから、裏表のある子はいけない、などと言われるけれど、せめて裏表くらい持てないと、どうにもならない。

親には、いいことだけを言えばいいんですよ、と言いたくなる。それで、できるだけ心配させない。

私は、姑さんの悪口はそれほど言わなかった気がするが、仮に夫に言ったとする。そうしたら、それを夫は自分の親に伝えなければいいのである。むしろ、女房はこんなに褒めてた、ということだけ言えばいい。そういう裏表がない夫こそ困ったものだ。

*

人間の考えでは及びもつかないこと、それは神の仕業かどうかわかりませんが、見方によってはずいぶんと運命というものは意地悪なんだな、と思うことがある。良く思えることでも、そうは思えないことでも、その裏には本当にさまざまな物語の展開がある。それを自分なりに考えてみるのが想像する力というものであろう。「裏がある」と言うと悪く受け取られがちだが、裏があった方が絶対に面白い。セーターや上着など、質のいい上等のものは裏地があって手が通しやすいけれど、一枚ものはどうも突っかかって着心地がよくないように、何事にも誰にも裏というものがあった方がいい。

人として生きて行く以上、自分には裏表がある、という自覚が必要なようだ。そして、裏表があると認めることが意外なことに「愛」なのである。

人生は払った月謝が大きい分だけ、よくわかる

昔、私の知り合いに、好きになって親の反対をおし切って結婚した夫婦がいた。旦那さんの方は、自分でいろいろな仕事をしているという「事業家」であったが、私はその内容は詳しく知らない。しかし、そういう事業家につきものの、経営不振が間もなくやって来た。夫は妻に、実家から何とか金を借りてきてくれないかと言い、妻は言われた通り親たちに頼みに行った。

その時、妻の父に当たる人は反対だったという。男が仕事をする以上、金のやりくりくらいはあくまで自分で解決する覚悟がなければいけない。だから断れと言ったのだという。

しかし妻の母は、そうは思えなかった。二人の結婚に必ずしも賛成ではなかったけれ

ど、冷たい実家だ、いざという時に、何一つ手助けをしてやらない、ということがきっかけで、夫婦の間にヒビが入ってはと思い、内緒で娘にへそくりを貸してやった。

しかし、この結婚はやはり長く続かなかったのである。妻の実家では、その後も二、三回、金を出させられたようだが、それはやはり根本的な解決にはならなかった。そして、その間に、若い妻は夫に《いつまで、うちを当てにする気?》というようなことを言い、《お前のうちは、娘の婿の運命より、自分のうちの財産を守る方が大切なのか》というケンカも起きるようになった。

この二人が、七、八年後に別れた時、この妻の父という老紳士が私に言った。

「私は家内が、こっそり娘に金を出してやっているのを知っていました。しかし、私も第一回目は黙っていたんです。人間誰しもしくじってみて、はっとわかるということがありますからね。二度目の時からは、きつく反対しました。そんなことをしていたら、あの男が自分の事業に対する腕前を過信してしまう。おできは散らせない場合は、早く膿《う》まして、膿《うみ》を出させてしまわなければいけませんからね。娘もそこで初めて、自分の夫に対する正当な評価をするようになる。経営の能力はなくても、共に惚れぬいて、貧乏ながら楽しい生活をしていくというのならそれも結構です。

しかし私の家内のやり方は、やはりあの二人が、自分たちについて自らきびしい答えを出すことを、少なくとも五年以上遅らせてしまった。まあ、人生では払った月謝が大きい分だけよくわかるということもあるかも知れませんけど、やはり事は、できれば早くはっきりさせた方が良かったんですがねえ」

いずれにしろ責任は大きい

他人の夫を好きになって、その人との間に子供を持ちたいという思いになっても、それはほんとうに仕方がないことだ。好きな人だったから子供をほしかったのだし、子供は（できれば両親が揃《そろ》っていた方がいいが）親の仲が円満でない家庭でも私のようにどうやら犯罪者にもならず育つのである。いやもっと積極的に父母の肩を持てば、私の今の性格やいささかの才能は、良くも悪くも歪《ゆが》んだ家庭のおかげで栽培されたものである。

そうした個性を培《つちか》ってもらったことを、私はやはり静かに感謝すべきことだと考えている。

しかしもし私が未婚の母になり、相手が既婚者なら、先方の家庭に大きな迷惑をかけることもまた真実である。どちらかというと、私の方が後から行った侵入者なのだから。もちろん先方の家庭ももう破壊しかかっているようなら幸運だ。私の母のような家庭だってあるだろう。こんな面倒くさい妻は、誰かと駆け落ちしてくれればいい、と密《ひそ》かに考えている夫も世間には間違いなくいるだろう、と思う。

しかしまともな家族なら、闖入者《ちんにゅうしゃ》である女性や男性に、なぜ、あなたはうちの家庭を破壊したの？　と激しい怒りを持つのも当然である。一家の幸福をめちゃくちゃにした責任は、どんな場合でも闖入者とそれを止めなかった人と両方にある。

相手の自由に任せる精神が、人間の寛大さである

人間というのは奇妙なもので、夫婦でも他人でも、あまりどちらかが激しく追いかけると、追いかけられた方は逃げ出したくなる。ふつうの夫婦だと、たまの夫の出張は妻

にとっても夫にとっても実に楽しい息ぬきと思うことができる。しかし夫が彼女を作っているることを知っている妻、妻に男がいることを知っていて嫉妬にかられている夫は、執拗に相手を追いかけ、ますます相手に嫌われるというめぐり合わせになる。だから夫婦の間でも、他人に対するのと同じように、或る種の冷たさ、突き放しかた、独立性を持たなければならない。それが実は寛大、というものの、最も普遍的な、誰にでもできる到達の方法なのだ、ということである。

＊

相手の嫌なこともしないけれど、好きにさせておいて自分は加わらない。聖書の中には、イエスの言葉で「アフェテ・アウトゥス」というのが何度か出てくるが、これはギリシャ語で「彼らをして、……させておきなさい」、つまり彼らが選んだことを自由にさせておきなさい、という意味である。

それは、人に対する礼儀だと思う。彼らを認めているから、彼らの選択を認めるということだ。

こういう寛大さがなかったら、結婚生活は地獄になるだろう。お互いに理想はあるだろうけれど、現実は、その通りにはいかない。だから、その通りにいかないということを、夫婦で笑って楽しむような空気がないと、いたたまれないと思う。

＊

私は実は寛大ということを、かなりいい年になるまで（ということは三十代の初めまで）その人の道徳性、宗教観などと関係のあるものだと思っていた。つまり、人間に温かい心と冷たい心があるとすると、寛大さは、人間の心としては優位にある温かい心から出るものと、信じていたのである。

ところが、それは違う、と言ったのは、夫の三浦朱門であった。

「僕は寛大さというのは、多くを期待しないことから来ると思うね。だから本質的には冷たいんだよ。女房に寛大なのは、女房を当てにしてないからさ」

私は即座に、当てにされないのは願ってもないことで、それより厳しく言われる方が困る、と答えた。

夫に言わせると、夫婦ばかりでなく、一般に他人に対して厳しい人というのは、他人が自分と同じようにすることを期待しているからだという。ところが夫はしょっていて、自分と同じようにできる人間などいるわけがないから、他人が自分の望むようにしてくれるわけがない、それなら最初から、あらゆることを自分一人でしようと思うことにしたのだという。他人（女房も含む）に頼むことは頼んでみるが、やってくれなくても、もともとほとんど当てにしていなかったのだから怒る気にもならない。

一人の、子どもを捨てた母親

数年前、私は一人の、子供を捨てた母親を知るはめになった。彼女の夫は彼女が娘を生んで、その世話にかかり切っている時に、別の女性と親密な間柄になったのである。赤ん坊は、しかも病弱だった。病気をし、彼女は一人で看病のために眠ることもできない夜を過した。二人は若い夫婦だったので、間もなく経済的な破綻《はたん》もやって来た。彼女は仕方なく、レストランに働きに出るようになった。子供を預ける適当な場所もお金もなかったので、彼女は毎日、姉妹や、友人や、同じアパートの知人に子供を「一日だけ」預かってもらうという無理をやって、その日その日を何とかつないでいた。

当時は勤めから帰って来ると、山のようなおむつの洗濯、夫と自分のための食事ごしらえも待っていた。夫も夜おそくまで働いていた。彼も決して悪人ではなかったのである。

「一日でいいから、ゆっくり眠りたい」というのがその頃の彼女のたった一つの願いだったという。何カ月にもわたる慢性的な疲労と睡眠不足のために、彼女はもうほとんど、物を考えられない状態になっていた。道を歩いていても、眠いので彼女は朦朧《もうろう》としていた。うっかりしていて車に轢《ひ》かれるのではないかと思ったが、それならいっそのこと、そんなふうにして死んだ方が楽だとも思った。

やがて、彼女は一人の男にめぐり会った。この人はセールス・マンだと聞かされたが、私は詳しいことは何も知らない。ただ、彼は、ある日自分のアパートの鍵を彼女に渡して、「夕方まで、ゆっくりお眠り。誰も起しに来ないから」と言ってくれた。彼女は死人のように眠り、目覚めた時、まだ地球は続いていたんだな、という気がした。それからしばらく経って、彼女は夫のところに娘をおいてこの男のところに、逃げて行ったのである。前の夫が「行くなら勝手に行け。しかし娘は渡さない」と言ったのと、今度の男が「身一つでおいで。二人で新たな出発をするのだから、前の生活の匂いのするものは全部置いて来なさい」と命じたからだった。「前の生活の匂いのするもの」というのは、まず、子供のことであろう。

そうして、また一人、ここに「子供を捨てた母」が出現したのだった。初めは、彼女も胸がいたんだ。いつの間にか、デパートのベビー用品の売場で、しかもピンクの子供服に見入っている自分に気がつくこともあった。親戚、友人たちも、彼女が離婚して来たことは別として、子供を置いて来たことについては厳しかった。母親の資格もない者は人間として欠ける者、というニュアンスまで含んでいた。

あの生活には肉体的に耐えられなかったのだ、ということが、言い訳にしかならぬことを彼女自身知っている。もっとひどい暮しにも耐えて、子供を一人だけでなく、三人も四人も育てている人を知っているからである。

私が、子供を捨てる母親を、決してひどい女だと一概に思えなくなったのは、その時からである。事件があってから数年の後に、彼女は私の家に遊びに来て言った。

「今の主人もいい人なんですけど、神経質でね。自分の叔母さんか何かに、少し気がおかしくなって死んだ人とかがいたんだそうです。ですから遺伝を恐れて、手術を受けて子供ができないようにしてしまってあるんです」

私は彼女の話から、せい一ぱい、彼女の今の夫を想像しようとしていた。

妻と夫である前に、まず人間であるべき

子供を目的にする、ということはどんな夫婦にもできやすい方法だと思っている。しかしその場合といえども、子供と別の人生であることはもちろん、子供の父と母もまた、育児に関して同じ道を歩かないのはむしろ当然なのである。

妻である前に、まず人間でなければ不自然だと私は思う。ひとりで生きるように運命づけられている人間に。男女同権ということがもし本当なら、女も男と同じように、生活の一部で結婚していて、少しも悪いことはないはずである。むしろ、そこまで覚悟を

決めた上で、結婚生活をし、友人を作り、趣味を持つきびしさを、じぶんに要求しなければいけないのではないだろうか。

＊

妻に人間としての成長を望む夫は、妻と対等に話合って生活をすることが好きな男なのである。運命共同体という言葉がこれほどぴったりする人間関係もない。

第四章

相手を受け入れるということ

「一夫一婦制」は約束事

私は一夫一婦制というものを、この上なく完成した制度だなどと思ったこともないが、それならそれに代わるもう少しましなやり方というものもないので、仕方なく人間が採用している約束事なのではないかと考えている。

人間の心というものは、理想主義者が考える以上に、分裂してもいるし、卑怯で偉大な面も持っている。禁じられていることをやってみたい、という気持はこの世でなくなることがない。人間に何かさせようと思ったら、そのことだけ禁じればいいくらいのものである。

それで——人並な生活に憧れ、一夫一婦制に代わるうまい方法も思いつかぬ私たちは、その社会通念を受け入れた。常識に従います、と約束したのである。それが結婚というものである。

この常識は、前にも述べたように、戦前の生活では、たいていの男女が、有無を言わさず、受け入れねばならぬものであった。しかし今はかなり違う。ほんの少しの勇気と自立の力さえあれば、結婚という制度にさえ組み込まれるのを拒否することができる。結婚せずに子供さえ堂々と持てるのである。それにも拘わらず、未だに非常に多くの男と女がこの古くさい制度を納得して受け入れている。これはもしかすると、我々が能なしだからではないかと思いつつ、とりあえず、或いはやむなく、或いは深く考えもしないで、その約束事に従います、と言っているのである。

守れそうにない時には誓わなければいいのに、多くの男女は、大した信仰心もないのに、結婚の時に、神や仏、或いは人間の前で夫婦のちぎりを誓ったりしている。「みだりに誓うな」というのは数千年も前のユダヤ人たちが、すでに自らを戒めていたことである。賢いはずの日本人は、昔のユダヤ人よりも自主性がないのである。

きゅうくつなズボンはやぶれた瞬間から楽になる

私は決して、世の妻たちに怠けた方がいいというつもりはない。或いは働くのが嫌いな夫に、定職にもつかずぶらぶらしていらっしゃい、というわけではない。私自身、小心だから、或る程度のつまらない律儀さのために怠けられないことを知っているし、この世に生きている最低の礼儀は、あまり大きな迷惑をひとにかけることではない、とも思っている。

ただ、努力などというものにほとんど価値を認めない生き方もあり得るのだということだけ書きたかったのだ。

「きゅうくつなズボンは、破れた瞬間から楽になる」というあまり上品ではない格言はどこかの国にないだろうか。なかったら、それは今、私が作ったことになる。

「これくらい許し合おう」が夫婦の愛情

「これくらい我慢しよう」というのが、夫婦の愛情ですね。そのくらいがいいんです。お互いに。無理しなくてもいいんですよ。いい加減に、相手の目をくらましながら生きていくのが、私は好きですね。そのほうが楽しいですから。

結局、好みだけで生きてきたんですね。私たちの人生は。好きなことや、やりたいことしかしていない。好きなものがあって、ただその好きなものだけは手放すまいと悪あがきしてきた。振り返ると、そういうことじゃないかと思います。

ただ私は、相手が嫌いなことは、できるだけしないようにしてきました。私は、大きな人生の基本については、夫の言う通りでいいと思ってきたんです。

＊

結婚とはもうひとつの人生（相手）を同時に味わうこと

家庭には仕事を持ち込まない、という人がいますが、私は、亭主は家で仕事のことを話したほうがいいと思う。ぺちゃくちゃとしゃべる中には、愚痴《グチ》も当然、入るでしょう。「上司のバカ」とか、「この頃の若いもんは！」とか、いろいろあっていい。

結婚というのは、もう一つの人生を同時に味わうことですからね。だから、黙っている夫というのは、失礼だと思う。そして話しながら、やっぱりお互い笑えないといけない。

黙っている夫と黙っている妻。両方とも黙っているのが趣味ならいいですけど。でも、もし人生の楽しみを少しでも味わいたいと思っているなら、黙っているのは、すごくつまらないと思う。

たあいのないおしゃべりだって人生の重さを持っている

夫が家に帰ってくると女房が、隣りの洗濯物が落ちてきたの、うちの柿の木が外に出てて隣りの奥さんに悪口を言われたの、アパートの上の部屋で飼っちゃいけない犬がキャンキャン言ってうるさいの、いろいろな人生の雑音を聞かせる。

それを、犬が鳴いたから上の部屋のやつを殺してやろうと思うよりは、ひそかに飼っているというのはどういうことなのかな、というふうにしみじみ思いめぐらせて倍の楽しみをする。もし自分がこっそり犬を飼うにはどうするだろうとか。私はそういうほうが絶対楽しいような気がするんです。

そうすると、女房のつまらないようなおしゃべりだって、会社の問題と同じくらいの重さをもった人生だと思いますので、お互いそういうことをしゃべっていると、妻のことを知らなかったということにはならないと思うし、夫のことを知らないということにもならないだろうと思いますね。

一番の無作法は「浮気」

私は一番の無作法は浮気だと思う、ひとことで言うと。これは何も常にずうっと夫を好きでいるべきだ、なんていう道徳を売ろうと思っているんじゃありません。夫と結婚してみたけれど、どうも夫よりもすてきな人がいっぱいいるらしいと思うことだってあるはずなんですね。そうしたら、離婚して出直したほうがいい。表向き夫婦という形をとって、世間体だけとりつくろって、かげで浮気の美酒に酔うという、そういう嘘つきが私はあまり好きじゃないんです。

私の友人で離婚した人がいて、「あなた再婚したら」と言ったら「とんでもない。二度と結婚なんてしないわよ。だって私、お友だちがいっぱいいるんですもの」と言うわけ。別にセックスのお友だちじゃないんです。この人とオペラに行くと楽しい、この人とごはんを食べると倍おいしくなる、この人とスキーに行くと教えてくれる、という人がいっぱいいるんです。それでいいわけですよ、ひとりものなんですからね。だから、公然と多数の男性とつき合いたいんだったら、離婚してその生き方を楽しめばいいのであって、かげでこそこそやるのは好きになれない。

「こうあるべき」ときめつけて、不幸になる人

夫婦関係において、妻が自分より優秀だったら喜べばいいんだし、妻が自分より少し劣っていたらそれも気楽でいいなあと思えばいいのにね。妻が優秀だったら「いやぁ、うちのカミさんはオレと違ってソロバンうまいんですわ」って自慢すればいいでしょう。それから、奥さんがまるっきり算数ができなかったら、「いやぁ、もう俺がついててや

らないとどうしようもないですわ」って喜べばいい。どっちもそれでいいんじゃないでしょうか。

たまにいるのは、妻と違って自分は数学の概念がないってことで卑屈になり、それから、ばかな女房をもらってしまったといって不幸になる人。同じことなのに、わざわざ不幸になる道を選ぶことはまったくないと思います。

他人のせいにする人

或る日、珍しくテレビに出た。教育について話し合うためだった。そこには何人かの知的な奥さんたちも出演していた。

その中に、一際きれいな和服姿の奥さんがいた。私の好きななで肩で、夏だったから絽《ろ》の着物を涼しげに着ていた。

その奥さんが、時々、「主人がしてくれないもので」という言い方をするのが、気になったが、本番が終わるまで、私はそこによくできた幸福な家庭の典型を見ていた。

「主人がしてくれないもので」という言葉に引っかかったのは、私は、何かを他人のせいにすることが、わりと気になるたちだからであった。「主人がしなくて」という場合、自分も似たり寄ったりのことをしているケースが多い。

「優しい夫」の本質はズルサか?

私はたまたま或る夫婦を知っていました。年は、正確には知らないのですが、六十歳を少し過ぎた夫と六十少し前の妻と考えればよろしいでしょうか。夫婦には、すでに結婚したり就職したりしている息子と娘が、二人ずつありました。奥さんの方は、その年になってもかなり美しく、華《はな》やかで、お喋《しゃべ》りでした。旦那さんの方は小男で、梅干しのようにしなびていて、めったに口をききませんでした。

私は、夫婦の若い時のことを、それほど詳しく知っている訳ではないのです。ただ人から聞いた話によれば、夫人は女学校時代から目立つ存在で、そのご両親も、外国生活の経験があって、いわばハイカラな家に育ったわけです。ところが、その養子の夫というのは、つつましい地方官吏の家の息子で、石橋を叩いて渡らないほどの堅実さ、だといいます。夫人は、質実で誠実な夫が、ヤボったく見えてしかたがない。話もおもしろくなく、服装に関心がないのも気にくわない。

子供四人が、次々と生れた後、実は一時期、夫人はピアノの教師とおかしくなった。夫人の身近な人の間では有名な事件だったといいます。それほど、そのできごとがあからさまになった背景には、夫人の方に、いささかヤケになっていたところがあるのではないかと私は思います。夫は決して、女を作っている訳でもない。仕事をさぼっている訳でもない。つまり世間の常識から言えば、彼女は夫を非難できないことを知っていました。

ピアノ教師との一件を夫が知れば、もしかすると、さすがのしんぼう強い夫も愛想をつかして、別れてくれるかも知れない、という計算が夫人の方にあったのではないかと思えて仕方がないのです。彼らの四人の子供たちは、娘、娘、息子、息子、の順です。もちろん、娘たちは、はっきり事情を知らされていたのではないけれど、何となく家の中の異変を感じていたので、幼いながら、弟たちのめんどうをみて、あまり家に帰って来ない母の代りをしていたということでした。

当時のことを知っている人の話が、今でも私の心をうちます。その人が或る日、その「母のいない家」を訪ねてみると、半ば置去りにされた夫が、ひとりで子供たちを見ていました。日曜日でもあったのでしょうか。娘たちの姿は見えなかった。この無口な父は上の男の子の、模型飛行機を作ってやっていました。熱心に、決して女房に逃げられかかっている男とは思えないうちこみ方で……。間もなく、当時よちよち歩きをしていた下の子が、新聞紙を持って来て、破り始める。それがおもしろくてたまらない年頃なのです。すると、その父は、一緒になって、いつまでも新聞を破いてやる。その破き方が、やはり男ですから、荒っぽくて、愉快なので、小さな息子はきゃっきゃっと笑う。

私は、その頃、夫婦の間に、どのような会話があったのかも知らなければ、この養子の夫の心理もよくわかりません。私が後年この話をすると、別の人は、この夫は、小心な、事なかれ主義者どころか、人並みはずれて、冷静な、計算のできる人だったから、そのような家つき娘と簡単に離婚しようとは思わなかったのだ、と言いましたが、とにかく、この夫婦は、ついに別れなかったのでした。（略）

その夫人が、一度だけ、私に言ったことがあります。

「私ね、うちの主人みたいなのでない、才気カンパツな、すてきな人と、一生暮すのが夢だったのよ。今の主人と、一度や二度は、別れようと思ったこともあるの、子供を捨てて……。私、悪い母親だから……」

なぜ、そうなさらなかったんですか？　と私は尋ねました。

「きっかけが、最後までなかったからなのよ。私の方がボーイ・フレンドを見つけたんですけどね」

私が何も知らないと思っているらしい彼女は言いました。

「そんな時、もちろん主人は不愉快でしょうし、家庭は壊れかかってるわけだけど、主人はそんな時でも、身のまわりの人に、決して当たったりはしないの。ことに子供には優しくてね。日曜日なんか、一日中、トランプしてやる、本読んでやる、飛行機作ってやる、でしょう。黙々として何時間でも誠実に相手になってやるの。

いい気なもんだ、って言われるでしょうけど、ああいう時、主人が強く私を非難したりしたら、私、むしろ平気で家を出られたと思うの。だけど、主人があああいう性格で、とにかく、他人をやっつけないでしょう。それでチャンスを失したわけよ」

「ほどほどに愛せよ」には心理と行動とがある

ほどほどに愛しなさい、というのは、愛には心理的なものと行動に表された部分があると思うんですね。

心理の部分というのは、ほどほどにといってもあんまりきかない。好きになり出してしまったらずうっと昼も夜も考えている、みたいなところがあると思いますけど、私はこの言葉を行動の部分で考えたら面白いと思います。

つまり、尽くせば尽くすほど相手は喜ぶなんて単純なことはないので、自分は相手のことをとても思ってるんだけれども、愛を行動で示すときにはどういうふうにしてあげたらいいか。自分がいいと思うことでも相手の迷惑になることもあるんだろうなあ、という程度のためらいはあったほうがいいような気がします。

＊

「結婚を急ぎ過ぎた人」というのは、結婚を急ぎ過ぎたというよりは「どうしても結婚しないといけないと思っている人」というほうが正しいような気がしますね。何がなんでも人生に一度結婚をしなければ人並みでないとか、自分は幸福を逃がしてしまったと思うのがいけないんじゃないかと思います。

「善か悪か」ではなく自分とどう違うのかを考える

自分の価値観の中で、これは善、これは悪、と決めてしまうから、対立が生まれるんでしょうね。でも、本当にそれが善なのか悪なのか、誰に証明できるでしょうか。

例えば、だらしない夫がいる。でも、悪い人ではない。賭《か》け事をして借金を作ったりするわけでもないし、女を囲ったりするわけでもない。逆に、いいところもある。こういう夫を、一刀両断に善か悪か、で決めつけてしまうことは、私にはできないんです。

もっといえば、善悪って、この世で最もつまらない分け方でしょう。人生はそんなに単純なものではないはずです。

いいか悪いか、ではなくて、自分とどう違うのか。必要なことは、違いを認識することです。この人と私の考え方は違う。それを感じ取って、受け止めればいい。

人間も鮭のように死ぬほかない

鮭は、必死で川を遡り、傷つき疲れ果てながら、最後の地点に辿り着き、そこで子を生み終えると、一匹残らず屍を重ねるようにして死ぬ。

しかし考えてみれば人間も同じであった。そのような残酷な運命に殉じる以外の生き方はなさそうだった。

生きた証を残したいとか、自分の生涯を華やかな思い出で飾っておきたいとか、何のたわごとであろう。人間も鮭のように死ぬほかはないではないか。河床に卵を生みつけることを、その生の最終目標とし、或いはまだ産卵地点まで辿りつかないうちにラクーンや熊に襲われて死ぬ鮭をも含めて、魚と人間はとりもなおさず、すべてが、温く平等に、そして例外なく、決められた死の道を辿る。

第五章

「折衷《おりあい》」という偉大さ

「折衷」をつけるということ

普段から、私たち夫婦はあまりいっしょにいません。ご飯さえいっしょに食べればいい、と思っているところがあって、朝食は必ずいっしょにします。私は低血圧時代の癖で、たらたらたらたら一時間ほど話しながら食べています。そして、次のご飯まで、それぞれにいささかの自由を確保して、行きたいところへはさっさと出かけ、行ってきた先の話をお互いにうんとするのです。

二人とものすごいおしゃべりで、食事のたびに、夫は、出先でこんなことを言ったら相手はこんなふうに答えて、帰りの電車にこういう美人が乗っていて、彼女がどんなに呆れることをしたか、ということまで、こまごまと早口で話す。私のほうも、同じように外であったことを、おもしろおかしくしゃべる。それが、けっこう暇つぶしになって、お金も要らなくて楽しい。そして、また次の食事まで、それぞれに自分の好きなことをするわけです。

半分の欲望を叶えて、それをさせていただいたことに感謝する。そうすれば、なんとなく折り合いがつきますし、お互いに楽です。だから老年になったら、折衷を許せる夫婦になったほうがいい、というより便利です。折衷というのは、もしかすると偉大な賢さなのかもしれません。

*

私のまわりには、おいしいものを食べるのが最優先という人もいますし、日頃は節約して旅行だけは贅沢する人もいる。週末に少し馬券を買って、さわやかに遊んでいる老人もいました。家庭の経済の基本を根底から揺るがすようなことでないなら、何にお金をかけるかは、その人の自由。皆、自分の世界の価値観でいいのです。

原則は、自分の自由になるお金というものを決めて、その範囲内で使うのがいいと思います。稼いでいない奥様も、結婚して何十年も建てばもう長年の功労者なのですから、家族に「いくらくらいは使わせていただきます」とはっきり言えばいい。自分の稼ぎでも、勝手に使ってしまうのは、なんとなく風通しがよくないから、家族と話し合って家族の納得のもとに使うのが、私は妥当な気がします。

夫婦でも親子でも、相手の希望を叶えてやりたい

ものごとすべてに限度があると思います。私は若いときからずいぶん旅行もしましたが、いつも「ここにくるのは最後かもしれない」と思って旅をしてきました。会いたいと思っていた人に会えないのもそれはそれでいいのでしょう。きっと会えないほうがよかったのです。だいたい私は「身を引く」ということが好きです、恋愛でもなんでも。それも、さり気なく、ユーモラスにできると一番いいですね。それとなく、お邪魔にならないように消えていくというのは、最高にさわやかですから。

夫婦では、どちらが先に逝ってもいいように、ふだんから心理的な予行演習をしているのです。日常のいろいろな場面で、「もし相手が死んでここにいなかったら」と思うようにしています。玄関先で見送るときや、食事を作っていてふと、「これを食べる人がいなくなったらどうだろうか」と、そんなことをいやになるほど考えました。

しかし、いざ現実に直面したときは、そんな予行演習も実際にはなんの役にも立たないかもしれません。いずれにしてもなるようにしかならない。

＊

私は一人娘で、いい意味でも悪い意味でも、母に取りつかれて一緒に暮らした。でもあれはよくない、自分は息子に取りつかないようにしよう、と思っていました。本当に望むことをやらせないとね。

それは夫に対しても同じ。朱門の仕事に私が口出ししたことはないんです。三浦が長く奉職してきた日本大学の先生を辞めるときも、文化庁長官になったときも私はどっちでもいいんですから、口を出しませんでした。

その昔、作家夫婦はライバルになると言われたけれど、取材で出歩く私を朱門はどこへでも行かせてくれました。嫉妬も嫌がらせも受けた覚えはありません。第一、私たちは今でもお互いの作品を読んだことがないんです。名作だか迷作だかわからないから便利なものです。それよりも、今晩のおかずを決めるほうが大事ですものね。

壁にぶつかったときもよく事情をわかっていました。そんなに辛かったら書く以上にもやることはあるだろう、なんです。同業だから、苦しさも厳しさもわかるんです。人生の同志だったと思います。

閑人として人生を生きた、という自負

私が結婚して作った家庭は全く別なものであった。一言で言うと「人生を客観的に見る」ということがその特徴であり、一面では自由放任の悪いところも持っていた。

人生という舞台には、さまざまな人が登場する。私も、私の家族もその一人である。それらの登場人物は当然のことながら、失敗もすれば、嘲笑《ちょうしょう》の対象にもなる。自分の子供にしても、なかなか個性的でいいところと、とんだでたらめなところとがある。

私たち夫婦はよく自分の失敗を語った。それでよく笑った。自分の失敗はつまり「人間」の失敗でもあるわけだから、普遍的なできごととしてよく笑えるのである。そんな心理的な余裕などあるはずがない、という人のために、少し解説を加えれば、私たち夫

婦は共にカトリックであった。人生は「仮の旅路」で間もなく終わる。位人臣《くらいじんしん》を極めても、生涯はぐれもので終わっても、神の眼から見てその生き方に必然さえあれば、それはそれなりに完結した人生であった。よい人にもどこかにおかしなところがあり、悪い人にもどこかにいい香りのする点があるであろう。そういう思いがどこかにあるから、何でも笑えるところがあった。この一瞬が大事なのである。

私たち夫婦の好みがすんなりと子供に生きたか、というと決してそんなことはない。第一、夫と私とでは、教育の方法に関して好みが全く違った。私は子供の時、歪《ゆが》んだ生活を送っていたから、苦悩が自分を鍛えたことを感じていた。それに比べて夫は慎ましくはあったが、すんなりとした知的な家庭に育ったので、私のような悲壮なところはいささかもなく、どちらかというと子供にもいやなことはさせないほうだった。そして私は子供が男の子だったので、夫の教育の趣味に合わせることにした。

どんなに片寄っていようと、幸いなことに基本のところで私たち夫婦は人生の生き方に対する好みで一つ一致している点があった。その一つは権力にすり寄るということをしないことだった。権力者とは、私たちはいつも距離をおくことにしていた。何しろ先方は実業に忙しい方たちだが、私たちは文学などという虚業に生きている閑人《ひまじん》だったのである。たとえどんなに書かねばならない原稿が多くても、私たちは閑人として人生を生きていると感じていた。

自由を我が手にするかどうかは、人生の重大な幸福の条件

おもしろい思い出があります。日本の医大を出てブラジルの日系二世の婦人と結婚された方が、ある時、

「お宅はダブルベッドに寝ているの?」

と私にお聞きになったのです。ダブルベッドどころか、うちはかなり若い頃から夫婦別室に寝ていましたから、ダブルベッドはやや滑稽な束縛としか感じていませんでした。

「外国人てほんとうにおもしろいね。僕の女房が、服のバーゲンセールに行った後、よく友達と戦利品を山のように持って帰りに家に寄るのよ。そして女たちだけで僕たちの寝室に入って鍵を閉めて、買って来たものを改めて試着するんですよ。その時、僕たち

がツインのベッドで寝ていると知ると、『あなたたち、近々離婚するの？』って言うんだよ」

ダブルベッドの魅力を私が語る資格がないのは、あれにはいつも滑稽な地獄のような話が付きまとうからです。夫婦で気温に対する温度の好みが一致しているというのはごく稀で、たいていどちらかが暑がりで寒がりです。夫が暑いと言えば奥さんは寒過ぎると言う。一枚の電気毛布の温度に二人が納得するわけはないので、たいていどちらかが暑過ぎる、ぬる過ぎる、と言うのです。寝室の冷暖房の温度もまた然りです。

それに比べて夫婦別室は天国ですね。夜中いつでも遠慮なく明かりをつけて読書もできますし、音楽も聴けます。

私にはその趣味がありませんが、夜中にお風呂に入ることだって、友達と電話で長話をすることだって自由です。

一日の生活の三分の一以上を占める時間に、自由を我が手にしているかどうかは、重大な幸福の条件です。

相手の寛大さに一目置く関係

一般論として、どういう夫婦が別れやすいのだろうか。

家事に無能で、外へ出歩いてばかりいるような夫婦を見ると、だれもが《よくあの夫婦はあれで続いている》ということになるのである。

私も幼い娘のころは、家事が下手だったり、寝坊だったり、夫の身の回りのことをしないと、嫁さんというものはたちどころに家を追い出されるものだと思いこんでいた。

ところが、先日も、つらつら考えてみると、私のまわりで、夫婦がうまく行っていないケースは、そのほとんどどれもが、奥さんのほうは少なくとも表面上、夫に至れり尽せりに仕えている、ということを発見してびっくりしてしまった。

その逆で仲のいい夫婦の暮し方はめちゃくちゃである。私の友人の母は、大きな地主の娘で、養子さんをとった。母は今でも若々しく、すべて自分の思いのままに暮している。母が父にお茶を入れる回数より、父が黙って母のためにお茶を入れるほうが多いのではないかと、その娘に当る人は言うのである。それでも、その夫婦の仲は極めて良い。威張っているように見えても、母も心の奥底では、そのような無口で寛大な夫の人間の大きさをちゃんと感じているのである。

自称「悪妻」はむしろ良妻の素質がある

結婚生活という共同生活も、片方だけが一生懸命努めたからと言って、決してうまく行くものではない。むしろ人並み以上の努力をしている妻は、かえって夫に愛情が湧かないのではないかと思える場合も多いのである。努めれば、努めるほど、妻の方は夫に心理的な貸しを作って、決して相手に親しみを持たなくなるかも知れない。

逆に常日ごろ悪妻だという自覚のある妻の方が、いざとなると、夫を立てねば罪ほろぼしができないような気がしているらしい。申しわけないという気持が、感謝に変る。それならば、一般論としては妻は好き勝手なことをしていいかというと、やはり自ら節度というものも大切で、このへんの呼吸を、私にもし娘があっても、とても、うまく説明してやる自信はない。

妥協に、温かさ、やわらかさ、そして優雅さがあるといい

子どもは特別な事情がない限り、父親と母親の元で育つのが自然です。夫が子どもや家庭を省みないとか暴力をふるうとかいうなら、子どもを守るために離婚するという道もありますが、そこそこの高給取りで優しい性格なら子どもの父として大切です。

問題はご夫婦の間で決めることです。そもそもの間違いは本人からの身の上相談でないことです。

私は、性的な関係がなくても、一緒にいて大変楽しい、おもしろい人間関係があると思っています。人によって、それは許せないと思う方があってもしかたがありませんけれど。

ご夫婦でどんな会話があったかわかりませんが、子どもがほしかったのでしょう。それなら、ご夫婦の希望である子どもを立派に育てることこそ人生の偉業ですね。普通の

父親、母親として子どもを見守るのが、子どもにとっていちばんうれしいことなんです。そんなご夫婦におなりになれるのにもったいないことです。

世間には、性格的に合わないから、女房がボーイフレンドをもつのは自由という人もいます。それはある種、大人の知恵。大人というのは、時には妥協をするものです。自分と周囲の傷を考え、傷を大きくしないようにと妥協する。

ストレスやマイナスのない夫婦なんていません。それをみんなごまかしながら生きているんです。そのごまかし方に温かさ、やわらかさ、優雅さがあるといいんですね。

「夫たる者よ、其の妻を愛して、彼らに苦《にが》ることなかれ」

夫婦の生活は戦いである、という感じの場合はよくある。助け合わねばならぬ立場の二人が、最も激しく相手を責め、憎む。私の母は結婚をして二十年以上も経ってから、父に隠れて洗礼を受けた。しかしとにかく、結婚生活にはこりていたし、本当のカトリック精神も持ち合わさなかったらしく、私が思いがけず結婚することになった時（私は

文学修業を始めた時、人並みな結婚を諦めていた）、

「一度、結婚はしてみた方がいいけど、いやだったら、いつでも、さっさと帰って来なさい」

などと言っていた。これは冗談と本気と半々だったろうが、いつ逃げ帰ってもいいのだな、と思ったおかげで、私の結婚は逆に続いたのかもしれない。

きちょうめんな夫にすれば、いいといわれていることをしない妻をたしなめているだけと思うであろう。口をきかない夫は、別に妻を裏切っているわけではない、自分は男だしおしゃべりでないだけで、そのことについて、妻が不満に思うことはない、と言いたいに違いない。金を出したがらない夫も、多くの場合、明確な理由を持っている。妻や子供のために、経済的には用心深くしなければならない、という理論である。

しかし、結婚生活でも、よかれと思ってすることが必ずしも相手を喜ばせることにはならない。それどころか、仲のいい夫婦でも、年をとって精神が老化し荒廃すると、ただ相手の肉体的な衰えの補佐をするのが辛いから、というだけの理由で、相手を憎むようになった例さえあるのである。

結婚生活が、ともかく続くための鍵は、いろいろ考えて行くと、一つかもしれないと、私は思う。それは寛大さである。寛大な夫は、多少他の欠点があっても、目に見えない網のようなもので、妻をからめとっている。しかし、聖書の中には、もっと総括的で、すばらしい言葉がある。私はその「コロサイ人への手紙」の中の言葉を、古い、昔の文語体の訳で読んで覚えた。本当なら、他の引用と同じく、私はこの部分をも、もっと新しい表現をとった聖書の訳で紹介すべきなのであろう。しかし文語体の訳はあまりにもいいので、今回限り、あえてそのままを使わせて頂く。

「夫たる者よ、其の妻を愛して、彼らに苦《にが》ることなかれ」（3・19）

結婚して、自分の子の親となるべき配偶者を、どうして困らせなければならないのだろう。

私はかつて、人間のあらゆる感情はその存在の初めから、自然に備わったものであろう、と思いこんでいた。しかし驚いたことに、古代世界に欠けているものがもし一つあったとすれば、それは憐れみだった、というのである。とすれば、憐れみは、人間が社会の発達と共に、新しく開発した輝かしい資質なのだろう。その憐れみが苦《にが》さを救うのである。

妻ばかりでなく、誰に対しても、私たちは苦くありたくない。それは忠告や訓練さえもしない、ということではない。暖かい心をもってされる忠告や訓練は、決して苦いだけではないのである。他人に苦くしない、ということは、ある人間がそこにいるだけで他人に不幸を与えるという原罪を思わせる状態の「この上ない中和剤」なのである。

ほんの少し「楽なほう」を選べばいいのだ

私がよく使う言葉に「楽なほうがいい」というのがある。結婚前に、私は夫に「浮気をしても知らせないでね」などと月並みなことを言ったらしいのだが、私はつまり、現実はどうあろうとも、自分の精神を酔っぱらっている状態におきさえすれば大丈夫だと、卑怯にも考えたのである。そういう疚《やま》しさがあるものだから、私はなおさら、人間は醒《さ》めていなければならない、という言い方をしがちになる。私はタテマエとしては醒めていなければならない、と思い、しかし、現実問題としては「イヤダ、イヤダ、何も知らなければ一番楽なんじゃないか」と思いなおすのである。

浮気について思い出すことがある。私の知人に、社会的にも重要な地位の人物がいて、長い間、芸者を二号さんにしていた。そして彼女の存在については「知らぬは奥さんばかりなり」であったのである。そのご主人は、奥さんに対して、めちゃくちゃに優しい。病気になれば、つきっきりで看病し、「お前はきれいにしていなきゃいけないよ」と着物も買ってくれ、車に乗れば自分でひざかけを奥さんにかけてやる、というあんばいだったから、奥さんにしてみれば、そのようなミソカゴトがあろうとは想像もできなかったのである。

このままであれば、この奥さんもしあわせであったろうに、だんなさんがある疑獄事件に引っかかって、彼女の存在が明るみに出てしまったのである。今でも、私は、浮気する男には、それを絶対に妻に気づかせないという義務があり、そのための精神的、社会的、経済的、繁雑さに耐えられない人は、失格ではないかと考えている。もしそれができる夫なら、妻は夫の偉大な精神力に充分に惚れ続けられるのではないかと思うのである。

話が横へ流れてしまったけれど、「楽にする」あるいは「楽である」ことへの希求を考えないで、私は日常生活を続けられそうにない。夫と別れようかどうか、という時に、私なら楽なほうをとるに決まっている。どちらも楽でない、というのはあまり正確でない。どちらか、必ずほんの少しでも楽なほうがあるはずだから、そちらを選べばいいのである。

＊

たくさんの家庭の妻や母たちが、現在の生活に不満という訳ではないにしても、多少の不安を持っている。彼女たちは、夫や子供たちに、おいしい御飯を食べさせることは、重大な、いやむしろ偉大なことだと納得しつつ、汗をかきかき台所で立ち働くことを何年くり返そうと、そのことのために、ほとんど知的になるなどということはないことを薄々感づいているのである。

女たちばかりではない。

夫や父たちにしても、特殊なエリートを除いて、後はほとんど懐疑に満ちて暮している。一生働き続けて、自分は一体、社会に何をなし得るだろうかと。

自分でなくても、誰かが、自分の代役を果たすだろう、という思いがたまらないのである。もちろんある男にとって、妻は一人しかなく、一応かけ替えのないものであるはずなのだが、その妻は台所に立って、自分より家政や料理の上手な女がこの地球上に何億人といるだろう、と考えて（いや、はっきりと考えないまでも、そのような思いが意識の下にあって）うんざりするのである。

妻の座をめぐる最も長続きする情熱の形

この世の中の情熱でもっとも闘争的で長続きする執念の形は、夫に好きな女ができた時に、意地でも籍を抜かない妻の生き方であろうと思う。そんな不実な夫なら、さっさと忘れて出なおしたら、というのは第三者の言うことで、正妻の座を決して与えないということで、妻はその女を罰しつづけるのである。私はこのごろ、だんだん考え方がイイカゲンになり、もしそのような情熱が一生続くものなら、それも一つの明快な生きる目的ではないかと思うようになってしまった。

しかし、このような妻が、私の周囲を見回しても四、五人いるところをみると、その際に必ず妻の座というものを持っていないまま、ある男との深い関係のなかで生きている女もいるわけである。そしてそのような女たちから見ると、法律的に婚姻の届け出がしてあるからと言うだけで、のうのうと日当りのいい席で威張り返っているように見える正妻たちほど、女の厚かましさを感じさせるものはないし、妻たちから見れば、ひとの夫と知りつつ関係を持つなんて、フェアじゃないわ、という形になるのである。

日本の男は世界で最も家事をしない怠《なま》け者

世界でもっとも大規模な大学の調査研究機関であるミシガン大学の社会科学研究所の調査によると、日本の男性は世界で最も家事をしない怠《なま》け者、という結果が出たという。

私が勝手に「怠け者」という言葉を使ったのではない。彼らが「レイジェスト」と言っているのである。いちばんの働き者はスウェーデンの男性で、一週間に二十四時間も家事をする。しかるに日本人男性は、料理、洗濯、掃除ほかの家庭の雑事のために、スウェーデン男性の六分の一、一週間にたった四時間しか働かない。

一方アメリカ人の男性は、一九六五年には週十二時間しか働いていなかったのだが、今では十六時間を家事のために費やすようになった。

もし男女同権なら、男ももっと家事をすべきだということは当然だといえる。日本の男性は世界でもっとも家事をしない怠け者、というより、もっとも男女同権を拒否している存在だ、ということになる。

日本人は働き者だ、という、過去の栄光や自信は、全くの幻影になった。なぜなら調査でも、日本人、スウェーデン人、アメリカ人が、男女を問わず最長の暇な時間を持っている人々という。

恥ずべきことには、日本人の、ことに女性が、世界にずば抜けてテレビの視聴時間が長いという結果も出ている。ということは、釣りをしたり、自転車に乗ったり、家の修理をしたりする実質的な時間は少なくて、テレビをただ漫然と眺めて虚構体験を楽しむ時間が世界で最も長い暮らしをしているということになる。

男女同権を認めるなら、男も家事を手伝わねばならない。昔の母親たちは、男子は厨《ちゅう》房《ぼう》になど入るべきものではない、と言った。そういう考えが通ったのは、男たちが危急存亡の時には、身を挺して祖国や家族を守るために死をも容認する気概があった時代だけである。

しかし今の男性たちは、甘やかされて育ち、万が一の時には女性や子供たちを安全にするために、自分が進んで重荷を負い危険を負担するのが当然だということを必ずしも承認しない。そういう男たちは、文字通り男女同権を実行しているわけだから、家事の負担も半分半分で当然だという論理になるのかもしれない。

「諦めた部分」から「得たもの以上」に学ぶことがある

人生では、最上(ベスト)と最悪(ワースト)はほとんど起きない。結婚だってそうだ。

「縁談は二つあったのよ。一人はあんまり風采《ふうさい》が上がらない人だったけど、話してみると声がよくて、話がおもしろくて誠実そうだから、そっちにしたの。それが今の主人……」

というような話はクラス会でよく聞く。むしろ人間に要るのは、ベター（よりよい）を選んで、ワース（より悪い）を避ける知恵なのだ。

ベターを選ぶと、ベストではなかったのだから、諦めた部分があるはずだが、私たちには手にできなかった部分から、得たもの以上に学ぶことがある。

第六章

運と不運は宿命と考える

結婚の良い面だけを凝縮して味わう

エーゲ海を渡ったギリシアの大軍は、トロイアの見事な城壁を遥かに望む沖合に、千艘の軍船を威圧的に集結させた上で、いよいよ上陸作戦を敢行した。

ところで、戦場における一番乗りというのは、いつの時代でも、はなばなしい名誉なこととされているが、もしも最初にトロイアの土を踏む者は死ぬと予言されていた場合、人はそれでもその名誉を取るであろうか。

テッサリア（ギリシア・東北部）の指揮官プロテシラオスは、この予言を恐れて誰も進んで上陸しようとする者のないことに業をにやし、周囲を叱咤激励《しったげきれい》して自ら先陣切って上陸した。すると案の定、彼は、物陰から繰り出したトロイアの名もない兵士の槍先にかかって殺されてしまった。しかしそのために、後続のギリシア軍は勇み立ち、激しい戦闘が開始された。

このプロテシラオスのような運命と任務を担う人に対して、そうでない卑怯者たちは、充分に負い目を感じ続けるべきであろう。

ギリシア軍は上陸地点を確保し、海岸線に布陣した。そしてトロイア城、別名イリオスと呼ばれる堅固な城を攻略しようと、大いに奮い立ったのである。

プロテシラオスの戦死の報が故国に伝えられた時、新婚間もないその妻ラオダメイアは悲しみに打ちのめされた。彼女は、せめて三時間でいいから夫を生き返らせて下さいと神々に哀願した。

ゼウスはその願いを聞き入れ、ヘルメスに命じて、彼女が毎夜抱きしめて寝ている、夫に似せて作らせた像に命を吹き込んでやった。二人は束の間の愛に時の経つのを忘れた。夫の魂が黄泉《よみ》の国へ帰る寸前、ラオダメイアは夫に抱かれたまま、我が身を刺した。そうして彼女は夫とともに黄泉の国に旅立って行ったのである。

このような夫婦は、短い生涯に、通常の結婚生活が与える良い面だけを、凝縮して味わったことになる。長く生きても、夫婦がお互いに憎み合うような生活をだらだらと続ける人もあることを思えば、この悲しい物語にも、慰めを感じることができる。

与えられなかった運命に答えを見いだす

もし神が、一人の望みを拒否するように見えたら、その拒否の中にこそ、答えがあるのだ、と私は納得している。もし希望が与えられなかったら、それは与えられなかったという運命の中に、使命と意味を見いだすほかはないのである。

＊

人間ってほんとうに、自分の生涯を自分の思いのままにできない、その思いが、昔の人にも深かったんでしょうね。

たとえば結婚の話をすると「あの人は私が守ってやらなければ」という気分と、最近は少なくなりましたけど「私がいるとあの人の運命が逆転するから遠のいていく」というのが昔は結構あったんですね。

いまは全然ないのかもしれないけれど、私はそれを信じられる。

そういうときに、私の場合、自分がこの人と恋愛したり、結婚したりということがいいか悪いか、最終的に人間はわからないという気持ちが強いんです。

だから、このぐうたら男は私がいなきゃだめなのよ、と一瞬そう思うときがあって当然だけど、私がいまでも好きなのは、遠のいていくほうがこの人は幸せになると思うことです。

＊

結婚をしさえすれば、この退屈と孤独の責苦からのがれられるような錯覚に、私たちは捕えられるのである。しかしそんな保証はどこにもない。この二つの苦しみからのがれられれば、それだけでもう結婚は成功であると言い切ってさしつかえない。しかし、すべての結婚が成功する訳ではない以上当然、独身時代よりも、もっと深刻に、夫に放置されているという悩みを持つ妻もでるはずである。

結婚生活の最大の要素は、人間の優しさ

結婚生活という、実に未整備な制度がある。私の漠然とした印象では、成功率はせいぜい五十パーセントしかない。二組に一組は（主に妻の方からみて、の話だが）結婚したことを後悔している。ただし、子供ができているとか、さまざま理由から別れたくても別れられなくなっている、という夫婦が多い。

従って別れなければ成功ということもないのだが、結婚生活を続けて行く最大の要素は、人間の優しさなのではないか、と思う時がある。

夫が外で女を作っているらしい、ということは薄々わかっている。しかし家へ帰って来た時の夫は、妻の自分に対してもひどく優しい。病気になった時には、よくいたわってくれ、子供とは辛抱強く遊んでやる。ノラ猫を拾って来ても、イワシの頭を与えて、やさしく言葉をかけてやっている。

女に対するだらしなさとか、仕事に対する不熱心とか、文句はいろいろあるのだが、

そのように日常生活で優しく控え目な人を見ると、何と言って、文句をつけていいかわからない。別れることとは、いつでもできるのだから、などとも思ってしまう。

私は、夫たちの優しい性格が、どれだけ、結婚生活を続ける上で役に立って来たかを、何例も見て来た。几帳面型の夫は、他人に優しくないから、妻としては簡単に憎める。しかし、優しい夫に対しては、憎むという情熱がうまく続かない。

それは、彼らの卑怯なテクニックなのだ、とまで言い切った女《ひと》もいた。「優しい男」というのは、多かれ少なかれ、弱い男であるから、結婚生活を続けて行くことが、自分を守ることになると考えたら、決して、その状態を手放さない。そのためには（心になくても）、妻の心をつなぎとめるためにならどんなにも、優しくなれる、というのである。

私は優しさについて、それほどまでに悪意をもって考えることはできない。実は私も又、優しさには、ひどく弱いたちである。私は幼い時から父親は自分を庇護《ひご》してくれるもの、とは思えなかったので、今でも夫に第一に求めるものは、出世でも容貌《ようぼう》でもない。知性と優しさだけで、ほかは全くどうでもいいのである。

強さには、我々は対抗し得る場合もある。もちろん殺されることもあるが、嫌い、はむかう正当性がある。

しかし優しさには、それがない。

私が、この二つのものの怖さを思い知ったのは、実に三十代の半ばを過ぎてからである。私の身近の人びとの結婚が、不成功になる場合、どちらかの要素が噛んでいる場合が多いように思えたのである。几帳面な人との結婚は、長く続かないという形で早く破れる、しかし優しい男との結婚は、深い問題をはらみながらも、ずるずると続いているという状態そのものが、また問題なのであった。

若く眼のない時期に行われる結婚の意味

結婚が、男女共に眼のない時期に行われるということは、まことによくできた——何かしら愛情のようなものさえ感じられる——人生の落とし穴という気はする。大体、一人の人間が、生まれも暮らしも好みも全く違う他人と一緒に暮らそうと思うことが無謀なのだが、それに気づかぬほど、若いうちは眼がないのである。

＊

良き配偶者を見つけるには、眼を養うほかはないのだが、いわゆる結婚適齢期にある娘や息子の誰にもに、どうしてそんな眼力を期待し得よう。そこでよく持ち出されるのが、若い人は、決して自分の情熱のおもむくままに相手を選ぶべきではないのであって、世古《せこ》にたけた親や先輩に選んでもらえ、という理論である。

しかしいずれにせよ「何によって相手を選ぶか」「どうしたらいい相手を選べるか」という問題に関して、私はたった一つの答えを用意することしかできない。

それは、選択は、（運を除けば）、自分の眼、眼力、性向においてしかできない、ということである。私はそのことを、自分の今までの過去をふり返ってしみじみ思うのである。

几帳面タイプとだけは結婚したくない

私はここで、説明がうまくいかないと暴論になりそうなことを、敢えて書こうと思う。先日、結婚問題について数多くのケースを扱っていらっしゃるベテランの方が、夫婦仲がうまくいかない夫側の一つの典型について、几帳面《きちょうめん》ということをあげていらしたのには、胸のすくような思いがした。

一般的に言って、几帳面な性格というものはいいものだ、とあらゆる人が言い続けてきた。小学校の一年生の時から、宿題を忘れない子、ルールをきちんと守る子、整理整頓のいい子、爪を切り髪をくしけずってくる子は、先生と親のペットになる。

実際にそうなのである。私は息子にかなり甘い母親だが、名古屋に住んでいる息子がたまに帰って来て三日もすると、そろそろ帰ってくれないかな、と心ひそかに思うのは、彼が部屋を散らかすのにうんざりするからである。

部屋ばかりではない。食卓の下はゴミだらけ、所ならぬ所に、シャツや靴下が、牛のウンコのように散らばっているから、何となくフユカイになってくるのである。

几帳面な人にはこういうことがない。会計係をさせれば、きちんと一円もまちがえずに帳面につけていて、足し算引き算にもまちがいはないから、皆も信頼せざるを得ない。自然当人も、自分は皆から承認されるに価する人物だと思い込むのである。

精神分析学的に見れば、この手の人は、「テンカン性気質」と呼ばれる。テンカン性といっても、実際にテンカンであるということではない。ただ、このテンカン性気質は、物事をゆるがせにしたりいい加減にしたり放置したりしておけない。責任感強く事務的ではあるが、創造性にはやや欠ける。

しかし、このタイプで、自分の性格に無自覚な人くらい、共に生活する相手として始末の悪いものはない。他人《ひと》を差別してはいけないというが、私は自衛手段として、はっきりと結婚相手としては避けたい、と思うタイプの人なのである。

なぜ「結婚相手として」と限定したか、というと、この手の人は、ちょっとしたことで、一時的につき合うには、これ以上の人はないくらい「いい」人なのである。時間には遅れない。心遣いがこまやかである。多くの場合外面《そとづら》がいい。だから、数時間から数日間の、一時的な関係を持つ相手としては、最上である。

結婚は、配偶者の病気をも引き受けることにある

夫は言った。

「不眠になったことがない女房なんて、おかしいんだよ」

私はこのごろ、健康というものは、客観でなく、主観だという気がして来た。主観的に病気だという妻と、たとえ少々はたからみておかしくても、主観的には健康だと思い込んでいる私のようなタイプの女房とがいるだけである。どちらが困った存在か、それは私にはわからない。何によらず病気は自覚があった方がいいというなら、意識のない私の方が重症かもしれない。しかしいずれにせよ、結婚は、配偶者の病気をも引き受けることだ、ということは改めて言えそうである。

凶暴と狭量は、もう救いようがない

心の温かい人と温かくない人というのは、今では私は生まれつきのように考えている。

相手を思いやることができれば、それはすなわち他人の痛みを知ることになり、それが常に他人の心を思ってしまうことになるのも、半分はその人がそのようなことに興味を持っているからできるのであって、何も教育や努力の結果ではない。だから心温かくない人を私たちは非難することはできないし、心温かいことを自分の心がけのように自慢することもない。どちらも使い方次第で、他人のためにもなり、迷惑の種にもなる。

寛大でない人は、相手に親切な人なのだろう。夫婦の場合なら、相手に能力があると思えばこそ、それを期待して、うまく行かないと怒るのである。しかし私は、心温かく、他人によく期待する、自分で事を解決しようとしない父と一緒に暮らしたので、それがどんなに同居する家族を苦しめるか、骨の髄まで知るようになった。

私は夫婦が困るものとして、深酒、不誠実（女癖の悪いのを含む）、見栄を張ること、他人に被害を与えること（性格異常、犯罪などで）、そして狭量の五つをいつも考えていたが、この中で夫婦共に興味が揃えば、深酒、見えっ張り、は大した問題にはならないのではないかと思われる。不誠実な人は下手《したて》に出て謝るのがうまいから、かわいいところもある。しかし残る二つは救いようがない、という感じがしている。

そのうち、狭量な夫（狭量な妻というものもあるのだが、日本の社会では妻の狭量を助長する要素はまだまだ少なくて、男のワンマンぶりにはいくらでも根を張り得る土壌を与える）は家庭の暗さの第一原因になる。

何にしても結婚は「運」

よい結婚——このよいという言葉が何をさすのかはくせものですが——をするのに、人間の努力も、心がけも、才能も、条件も、実はあまり役に立たない、ということは、まことに驚歎に価することです。もちろん、条件の整った娘だから貰うという人もいますが、条件が整わない哀れな娘だから自分が結婚してやるほかはない、と思う男もいるのです。一番気の毒なのは、私のまわりにいるお嬢さん達で、親が、人間よりもまず、家柄や職業で選択の範囲を決め、それでなかなか相手が見つからない、と言って歎いている人たちです。それを気の毒と思って、思い切って、求婚してあげなさい、と或る青年をけしかけたことがありますが、だめなんですね。家柄や学歴や職業優先ということは、男としての当人自身を評価しないことになるので、やはりおもしろくないのかも知れません。

しかし、結婚だけは、運です。何やかや言うけど、人間には運をうち砕く力はありません。もちろん、何もかも運まかせ、という思想は、他のことに通用しないのですが、結婚に限り、あんなだらしがなくて能なしでどこがいいかと思うような娘が、誠実な働き者の賢い男に選ばれることもあるんですから。私はこのような、人間の理屈を越えている部分を、この頃、おもしろい、と思うようになったのです。ただし、当事者は大変です。ゆゆしいことです。こうなれば、私流の考え方が便利とは思いますが、必ずしもおすすめしません。第一は好みの中で、一つだけどうしても譲れないと思うものを決めて、あとは妥協してしまうこと。第二は、うまく行かなくて当り前、うまく行ったら、信じ難い幸運と思い、ひたすら感謝することです。

結婚に関しては、運命に手出しのしようがないところがありますが、子供はもう少し、計画的にできます。もっとも、子供もまた、おかしなもので、子供のない人には、何の意味もなく、持ってみるとおもしろい、という存在らしい。結婚して、子供を持った女が、とくとくとして独身の友達にむかい、「子供を持たない女なんて、女じゃないわよ」などということは全く見当違いです。なぜ子供を持った、と聞かれたことがありましたが、私はそれには一言で答えられます。それは私の「愚行」の結果なのです。もっとも私の生きて来た過去の中で「愚行」の要素のなかったものなどというものは一つもないので、特に子供を持ったことだけを指すのではありません。なぜ愚行かと言いますと、子供を生んだ頃、私は子供と自分の関係も、一人の人間がこの世を生きることの展望も何一つなく、そのようなことをしたからです。しかし、それで多分いいのでしょう。

＊

結婚の失敗はふつう、若いうちに早まって結婚することにはじまる——鴨下助教授の時間に読みかけていた文章が思い出された。

手近な女の子と結婚したがるのは、だからただ人並みの成功しかできぬ人々のしるしである——余計なお世話だ。

しかし俺もつかまってしまった。実につまらないことで女にひっかけられてしまったのだ。猛獣が生けどられる時のように悲壮だ。猛獣が網をかけられた時は、心臓が割れそうに早くなっているのに、表情だけはかわらない有様を秋穂は想像した。いつか映画でみたキリンは捕った時、空をみていた。空の青さと、とんで行く雲をきれいに目玉に映しながら風にたてがみをなぶらせて、人間共にしばられていた。おれもあんな風になったのだろう。

＊

私はもともとかなり分裂的な性格ではあるけれど、結婚に関しても「結婚というものは、うまく行く場合もあるし、そうでない場合もある」という、答えを得てしまった。

母たちの暮らしだけしか体験していなかったら、私は実感をもって結婚を信じなかったろう。私たちの結婚だけしか見ていなかったら、私は確信をもって結婚を信じたろう。しかし私はそのどちらにもならず、そのどちらにもなった。私からみると、私の体験した二つの結婚の結果は、どちらも偶然から発したものであった。

それは当事者の心がけの問題ではなく運であった。少なくとも五一パーセント以上が運であった。

＊

スポーツ選手には、「あきらめない」姿勢が賞賛されますが、人間の生涯というのは、「あきらめざるを得ない」ことのほうが圧倒的に多いし、世の中のことはたいていあきらめれば解決する。だから私は、あきらめが悪い人というのはかわいそうだなと思っています。

過ぎ去ったことについても、あきらめきれない人がいるでしょう。

たとえば、「やっぱり、あの人と結婚しておけばよかった。親に勧められて今の夫と結婚しなければ、もっと幸せになれたのに」などと未練を持つ。

でも、あの時、あの人の立派さがわからなかったから、結婚をしなかったのでしょう。親に勧められたといっても、それに従ったというのは結局、自分が今の夫を選択したわけです。

皆それぞれに考えて、選んできた。その時、のっぴきならない事情があったとしても、その道を自分で選んだのだからしょうがない。それに何をどうしようと、この世のことは時間的に巻き戻すことはできません。

私は、どの店でお昼ご飯を食べるかというような小さなことは人任せでしたけれど、人生に関わる大きなことは全部自分で決めました。自分の一生ですから、人に任せるのは卑怯だと思ってきたからです。

その時々、それを選択した理由があります。だから結果がどうであっても、私は「しょうがないな」と納得してあきらめる。そういう失敗も含めて、私の人生だと思っていますから、とくに悔悟しません。

現在の生活以外のものは、夢幻のたぐい

今の夫ではない、あの時別れたあの人ともし一緒になっていたら、というようなことを言う女性は弱い。ある女の人は別れたレストランの経営者の夫が自動車事故で死んでしまった時、私に述懐したものであった。

「よかったわ。もし彼とずっと暮してたら、彼のレストランの借金の後始末までしなきゃならなかったんですものね」

また、あるお母さんは自分が昔ふった若い学究が、アメリカの物理学界の花形学者になっているのを時々口惜しく思うらしかった。

「正直言って、ちょっと惜しいと思うことあるわ。うちの主人なんかしがない役人でしょう。アメリカどころか私を香港までだって連れてってくれたことないのよ。だけどまあ、今の生活の方が気楽と言えば気楽ね。彼と結婚してアメリカなんぞに行っていたら、おつき合いもさぞかし大変でしょうね」

女の愛らしさというのは、自分の人生をいく通りにも夢みられることなのだろう。けれどたぶん、彼女たちと暮していたら、男たちの運命も今とは変っているはずである。レストランの経営者は彼女と離婚しなければ、その自動車事故を起こさなかった可能性も高いのだし、物理学者の方は、彼女のような賑やかな女とではなく、右向いていろと言えば三年でも右を向いているようなおとなしい現在の夫人と結婚したからこそ、今の地位を築けたのかも知れないのだ。

そう思ってみると、現在の生活以外のものは、すべて夢幻のたぐいである。もしあの人と結ばれていたら、などと思ってほっとしたり悔やんだりすることは、女の甘さ以外の何ものでもないと思う。

家の中に、自分よりほかに誰もいない、という寂しさ

仲の悪い夫婦の方が晩年は楽だな、と思うことがある。夫婦のどちらかが死ぬと、自然に解放されるからである。しかし仲のいい夫婦は、どちらが生き残って一人の生活を

するようになっても、寂しいのである。

昼日中は、外出でもすれば、寂しさも感じないで済むかもしれない。しかし家に帰って来れば――ましてやそれが日暮れの早い冬ででもあれば――帰って来た我が家は真っ暗で、しかも暖房は消えて寒々としている。と或る時友だちに言ったら、「今はそんなことないわよ。日が暮れれば、自然に灯がつく装置もあるし、外からだって電話でお風呂のお湯を沸かしておくこともできるのよ。電気の炊飯器だって時間をセットしておけば、炊けてるじゃないの」と言い返されたが、私の言おうとしているのは、どうもそういうことではない。灯火がついていようといなかろうと、家の中に自分よりほかに誰もいない、という寂しさが堪えるのである。

夫婦の一人が欠けると困るのは、話す相手がいないことだ。いや話し相手だけなら、誰かに通って来てもらっても済むことかもしれない。しかし夫婦というものには、他に便利な点があった。それは心おきなく他人の秘密や自分の醜悪をさらしても、それが外に洩れる心配がないことだったのである。

与えられた運命を受け入れた人の輝き

終戦直後恋愛結婚で結ばれた知人の夫婦には、やがて女の子が生まれ、それから五、六年たって男の子も生まれた。女の子は体の発育もいい、頭もいい子だったが、男の子はどうしたことか、智恵の遅れが目立った。あちこちの病院をめぐって、これ以上なおらないことがわかってから、この夫婦は明かるく将来の計画をたて始めた。

知能のおくれた男の子は、まず劣等感を抱かせないために、特殊学級へいれよう。世間にはまわりを気にして、無理してふつうの学校へいれる人がいるが、それは子供にとっていいことではない。

幸いに、頭はおくれていても、心は優しく、却って辛棒強くもあり、体はよくきく。男の子が大きくなった日には、一家をあげて、都市の近県で農業をやろうと夫婦は決心した。栗と梅の果樹林を買い、そさいと花を作るのだ。

この夫婦が、更にこの計画のためにおしすすめたことは、秀才の娘も、農業高校へいれたことであった。弟にそれだけの頭がないなら、姉に近代農業の根本理論を教えこみ、嫁の来手がなくて困っている農村の、優秀な青年と結婚させる。そして三チャン農業どころか、母ちゃん一人の一チャン農業になりかかっている農村で、父母《ちちはは》、息子、それに娘とその夫が心を合わせて近代農業をやるのだ。

この夫婦は、二人とも都会育ちであり、夫は都会の大学を出ている。それだけに、実際、農村の生活に入ったら苦労は多いに決まっている。しかしこの独創的な生活設計は、都会のサラリーマンの生活を一度経験してみたものだけにできる賢明な決断かも知れない。

この一家の暮らしが何となく健康に光り輝いているように見えるのは、自分たちに与えられた能力以上高望みをすることもなく、絶望することもなく、運命をまことに正当に雄々しく受けとめているからのように私には思えるのである。

*

「私が死んだらあなたは自分一人でお茶をいれられる?」

と或る古女房は夫に聞いたのだそうだ。

この人の夫は東大法学部卒なのだが、東大法学部ほど何もできない学部はないという。お茶をいれるどころか、コロッケを買うことも、洗濯機を廻すことも、茶碗を洗うこともしたことがない。だから自分一人で生きていけない。自分一人を生かせないのだし、自分は常に他人を裁く側であって、生涯で一度も自分を犯罪予備軍と考えたことがない人も多いのだから、難民や貧民や、他宗教の人がどうやって生きていくのか本来考えることもできないようになっている。しかし彼らは、法律と経済でそれを解決するつもりなのである。東大法学部はこういう人間理解の基本のできていない学生に卒業証書を出すべきではない、と昔から私も思っていた。

もう一人のこれは古女房ではなく、中古女房は、「たぶん、あなたは私が早く死んでも大丈夫よね」と言ってみた。

すると夫は素早く長男の顔を見て、

「お母さんがいなくても、我々は大丈夫だよな」

と応援を求めた。すると長男は、

「僕はもうこの家にいないんだから、それはお父さんの問題ですよ」

とあっさり責任転嫁してしまった。

いつのまにか、私の周囲には、たくさんの一人になった夫婦の片割れがいるようになった。自動車や飛行機の事故に遭わない限り、これが夫婦の辿る普通の運命である。

もう四十代で夫に死に別れた人もいる。中には厳しい姑の傍らで、夫が唯一の防波堤だった人もいる。その夫を失った時、彼女の身辺を襲った荒波は、どれほどの激しさだったことだろう。それでも彼女は生きて来た。それが人間の当然の運命だったからだろうが、そこに私は凛とした偉大な自然さを感じるようになった。生き残った者は一人で残りの人生を全うしなければならない、という人間の使命にその人は素直であった。そして嬉しいことに、その後の彼女の後半生は決して暗くはなかったのである。

*

私の周りにも、とにかく24時間夫と一緒にいるのが嫌だという方がいます。

ほんとうは、定年になってから気づくのでは遅いんですよ。定年前にダメな夫かどうかなんてわかるはず。まず、休日におもしろい人かどうか。ご自分のしたいこと、自分の世界があるかどうか。そして病気のときに協力してくれるかどうか。熱があっても痛くても「自分で何とかしろ」と言うような夫はダメですね。

第七章

家族という〝荷〟の扱い

滑稽で怠惰な気分が夫婦のつながり

夫婦同姓の是非は、ここしばらく世間の論議を呼ぶことになるだろう。

正直なところ、私はこの問題だけはどちらでもいいのである。夫婦の問題は、形式ではなく、心の実態が大切だ。要するに男女が、相手と死ぬまでいっしょに生きていってもいいかどうかを考えることだから、名前など二の次だという感覚である。死ぬまでなどと書くと、皮肉屋はそんなにほれ込む相手なんているもんですかな、と言うだろうが、つまりは馴れが気楽でそうなるのである。法的な夫でない人を、この頃はパートナーと言うのだそうだが、そのパートナーを取り替えるのもだんだんめんどうという気分になってくる。

この滑稽で少しもすてきでない怠惰な気分が、夫婦のつながりというものだろう、と私は思っている。

男に、女の煩わしさと恐ろしさを覚えさせるのは、母親に他ならない

どこと言って欠陥もない一人前の男性が結婚しない場合、そこには母親の影が濃厚に残っていると見えるケースは現実にかなり多いものです。男たちは、私たち女ほどおしゃべりでありませんから、母親のおかげで女性観が変ったなどとはいいません。しかし一人の男に、本当にとりつき、コビを売り、惰弱《だじゃく》にし、おんなの存在の煩《わずら》わしさと恐ろしさをいやというほど覚えさせられる唯一の存在は母親なのです。一人息子にカユイところに手が届くようないとおしみ方をしている母親などは、一人の女として、息子がいつか自分からよその女に心をうつすのを防ぐために、そうしているのだという面に気づいていません。息子には早く結婚するように言い、それでいてヨメが来ると、いちはやくその欠点をかぞえ立てて、息子が離婚するようにし向ける。そうなれば、母親の、女としての自尊心、つまり息子に尽してやれる女は世界中に自分一人しかいないという自信は満足させられるのです。これほどのすさまじい所有欲は、いかなるヤキモチヤキの

女房でも、持ちきれないものかも知れません。

そうならないために、私はつとめて息子への待遇を普段から悪くし、息子のところへは、どのようなおヨメさんが来て下さっても、「ああ、あのオフクロよりはましだ」と思えるようにしているつもりなのですが……。どうです、うまい言い訳でしょう？

断念しなかった男の断念させられた話

結婚をする、ということは、一人の女、或いは男のために、ほかの女を諦めることだ、というような言い方があって、これを肯定することも、しないことも何となくおかしな、ユーモラスな感じがします。たかが女くらいにそうそう悲愴《ひそう》な思いになることもないじゃないか、という言い方もできるし、いや、それこそ、永遠の、最も正直な問題だという反論もできます。

或る先輩から、おもしろい話を伺ったことがあります。

その方は、女性にもててもててしかたのない方でありました。しかも、その方ご自身、情熱を失わない方だった。いつも、いつも、夕暮れの灯が胸そそるように見える方だった。

奥さんは、それに対して不満をお持ちだったのでしょう。けれど長い年月の間、夫妻はとにかくつながって来ました。

或る日、その方が家にお帰りになると、奥さんが言われたのだそうです。

「私、お墓を買ったんです」

思いなしか嬉しそうでした。

「墓？　何で墓なんか買ったんだ。谷中《墓地》のうちの墓に入りゃいいじゃないか」

「私は、あんなところへは入りませんよ。あなたと、死んでまで一緒に暮すのはいやよ」

「しかし……どこに買ったんだね」

「そんなこと教えませんよ。順序から行くとあなたが先ですからね。あなたは谷中へおいれします」

「そんなこと言わないで。おれもお前と一緒の墓に入る。入れてくれ」

「いやですよ」

聞かされる方は、笑いがとまりませんでした。向うは深刻な問題でも、こちらはおかしくてたまりません。断念しなかった男の、一つの典型的な例だ、と私は思いました。断念ということは、するのもみみっちく、しないのもこっけいだ、とその時は思ったのです。この断念しなかった、もてもておじさまが、最近どうなられたか、ということを、ついでにご報告いたしましょうか。よそながら伺うところによれば、この頃は、一番年長のお孫さんのお嬢さんに、お酌をさせて、家でお飲みになるのが、最大の楽しみになられた、というのです。私たちはもう一度、笑いました。これは断念しなかったけれど、断念させられた男の物語なのでしょうか。それにしては、大変に自然で明るく、ほのぼのとしています。

仲の悪い夫婦ほど、しあわせそうなポーズをとりたがる

私のアルバムの中には、子供の時の私が両親と写っている写真がいっぱいあります。

華厳《けごん》の滝、清水寺《きよみずでら》、渋《しぶ》温泉……私はひとりっ子でしたから、大ていは両親の前に両脚を揃《そろ》えて、オーダーメードで作った子供服を着て、にこにこ笑っています。人形を持っているのは、多分持たされたのでしょう。三人で写真をとられると真中の人が早く死ぬなどというバカなことが言われましたから、お人形はそういう名所旧跡の写真屋が、用意していたのではないかと思われます。奈良の鹿は剥製《はくせい》でした。その上に手を置けと言われて、私はひどく気持が悪く、生きている鹿ならいくらでも背中を撫《な》でてやるけれど、死骸《しがい》にさわるのはいやだ、と思ったことを今でも覚えています。

母もにこにこしていました。百キロ近いデブで、それくらい太るのは苦労のない証拠だと言われても仕方がないありさまでした。太るのは、一種の欲求不満があるからだなどという心理学的な解釈があるなどということも、私はまだ知りませんでしたし。

多少、経済的にも余裕のある一家の幸福そのもののような記念写真というものが、そうしてでき上るのでした。しかし父にしても、母にしても、そうするほかはなかったでしょう。性格が合わないと言っても、二人とも、旅行にでも出た時は、逆に幸福そうによそおうことの方が楽だったでしょうし、ひょっとしたら、まだ、お互いに理解を持ち合えるのではないかという希望を野放図《のほうず》につないでいたかも知れません。

私はしかし、どんなに幼くともその写真の作っている世界を信じませんでした。むしろ幼さのために、世の中はお芝居だらけだ、と信じていました。人間は嘘をつくもの、と思っていました。嘘を悪いものとは思えませんでした。結婚生活などというものは、どこの家庭も、こういうふうに中はぐさぐさなものだ、と思っていました。

むしろ仲の悪い夫婦ほど、はたの見る眼にはしあわせそのものというようなポーズをとりたがるものだ、ということは、ずっと後から気がついたのです。仲が悪いことを、外側にも同じようにあらわすことの方が、むずかしいでしょう。そのためには強烈な個性か才能が必要なわけですが、そんなものを必ずしも、皆が持っている訳ではありませんから。

自分が誰にとっても必要のない人間になった、と気づいたとき

夫人は今日、自分がどう考えても、既に誰にとっても必要のない人間になっているこ

とに、気がついたのであった。

朝、夫と小さないさかいをした。実は、夫人は、もう十年位も前から、事実上は夫と夫婦の生活をしていなくなっているので、夫が絶えず赤坂に馴じみがいても、それよりもう少しお金のかかる関係のがいても、別に心を動揺させられることはないのだが、夫人の心に一抹の淋しさを与えたのは、原因すら覚えていないその喧嘩の最中に、夫がどなりつけた一言である。

「俺はな、お前なんかに、死ぬときだって、断じて看病なんかして貰わん。」

《是非そうして頂きますね。》

口に出してそう言ったかどうか覚えはないが、夫人はその瞬間は、そんな軽い気持で夫の言葉を平気でうけ流せたのだ。だが、この情景を黙々と見ていた一人息子に、夫が出かけた後で、愚痴とも泣きごとともつかないものを洩したら、彼は新聞から目をあげようともしないで言ったのである。

「よせよ、お母さま、いい加減に。そんなにくしゃくしゃ考えると脳溢血になるぞ。そんなこって半身不随にでもなられたら、僕がかなわないからな。」

夫人は血圧が高かった。それに丁度一カ月程前、朝おきてみたら舌がよくまわらなくなっていた。ベロが長すぎる子供のような発音しか出来ない。このぶざまさは、それ以来夫人にとって、自分がもう誰にとっても邪魔者になるのではないかという猜疑心をおこさせていたので、息子の言葉が妙にぎっくりと胸にこたえたのであった。

「持つ人は持たない人のように……」

パウロの表現は強く見事である。

「今からは、妻のある人はない人のように」振る舞えと言う。妻もいつかは死ぬ。或いは現代風に言うと、「妻だっていつ愛人を作るかしれないよ」「いつ、離婚を請求するかわからないよ」ということなのだろうか。心の中でいつも失うことを前提に考えていろ、と言う。これは確かに動物のできることではない。

ものを持つ人に対しても同じだ。たとえ、現金、不動産、宝石、美術品などを持っていても「持たない人のように」生きるべきなのだと言う。それなら、初めから持たなくても同じじゃないか、とも言えるが……。

死によって初めてやすらぎを得る、という境遇もある

もう大分前のことになるが、私の心に気になって仕方がない一人の人の存在があった。手紙でしか知らない人だが、その家族環境が厳しかったのである。

息子という人はもう充分な大人で——というより、中年という感じで——統合失調症であった。急性の病気と違って、昨日今日発病したのではないだろうから、もう長い年月、ゆっくりとした経過を辿《たど》って少しずつお互いを理解できなくなって行ったのだろう。現在では、息子は「一人の世界」という繭《まゆ》の中に閉じこもり、恐らく他者の存在というものが意識の中になくなっていたのだろう。

何が寂しいと言って、私には利己主義者を見るほど心が滅入ることはない。もちろん私たちは誰でも多かれ少なかれ利己主義者なのだ。自分が犠牲になって他人の辛さを引き受けるどころか、自分さえ少しでも楽なら「ああ、よかった」と思うのが普通なので

ある。しかしそれでも一家の中に、自分の都合しか全く考えない家族がいたら、私ならそれほど悲しいことはない。

この女性も、どこの親でもそうするような努力をしたに違いない。治療の方法を模索し、励ますことや、遊びや仕事を通じて、何とか本人に生きる目的も与えられないか、社会のお役に立つようにならないか、と試行錯誤をくり返したろうと思われる。手紙の文面は温かく、礼儀正しく、どうしてこういう人がこういう運命に苦しまなければならないのか、と思われるほどだったから、私は、会ったこともないその人が忘れられなくなったのである。

この女性のもう一つの苦しみは、夫とも苦労を分かち合えないことだった。どんな悲しみも、分け持ってくれる人がいるとかなり違って来る。分け持たないだけでなく、夫もまた、いつも不機嫌で、気にいらないことがあると暴力を振るうような人だった。

もちろん夫も、ひとり息子の病気に苛立《いらだ》ったから、不機嫌だったのだろう。就職もせず、結婚もせず、うちに引きこもって、収入もない。自分たちが死んだ後、この息子はどうなるのだろう、と思うと、絶望のあまり、奥さんに当たったのかもしれない。

しかもこの夫婦の場合、こういう息子を生んだのはお前のせいだ、と言わんばかりの会話もあったらしい。もちろん息子は父と母の性格の合作である。仮に母方にだけ悪い遺伝的要素があったとしても、それを今さらなじっても致し方ないことだ。それより、現実の運命をいっしょに耐えて行き、少しでもいい方へ導いて行こうとするのが普通の夫婦だ。

この奥さんは、だから家の中で孤独だった。どんなふうにして毎日を生きていたのだろうか。もちろん人間というものは、いかなる場合にも、自分を救うようにできているから、何か気晴らしの種として自分一人の楽しみを見つけていたかもしれない。何も詳しい事情をわからずに、他人が同情することも失礼に当たるだろう、と私の思いは堂々巡りをするばかりだった。

この女性の住んでいるのは、東京から遠い地方だった。経済的に苦しいという訴えは一度もなかったから、私は最低限の救いはこの一家にあるのかな、と思うこともあった。

どれだけ経《た》ったか、気がついてみると、この女性からの便りは絶えていた。いい方に考えることができないでもない。息子がどこか施設か病院に入って、手紙の主の肩の重荷の一部だけが、取り除かれたということだってあり得た。或いは文句ばかり言う夫が、何かの理由で家にいなくなったのかもしれない。しかしそれなら、この女性は私に知らせて来そうな気もした。これだけはっきりと音沙汰なくなるというのは、ごく普通に考えると、この女性が亡くなったと見るのが自然かもしれなかった。

その女性の思いを、もう少し聞いてあげればよかった。と今になって私は思う。私は自分の生活にかまけていた。忙しくてこまめに手紙を書く余裕もなかった。それにおざなりの慰めも嫌だった。ごく稀《まれ》に、私の本を送るくらいが精一杯だった。

理由はないのだが、私はその人はもう亡くなったような気がしている。だから手紙も来ず静かになったのだ。そして、結果的にはそのような解決の仕方しかなかったのだろう。なぜその人は、家庭を捨てて、逃げ出さなかったのか、と思う瞬間もあるが、それはやはり彼女にはできなかったのだ。

夫だけだったなら、彼女は逃げていたかもしれない、と私は思う。しかし息子がいたから、彼女は毎日の生活を見捨てるわけにはいかなかった。しかし息子はあくまでも冷たくて遠い存在だった。息子であるだけに、そのことが骨身に染みるほど悲しかったろう。

そして私は、彼女の死を、少しも悲しんでいないことに気がついた。最期の日まで、妻として母としての責務を果たせば、彼女の人生は或る意味で成功だったのだ。

死ぬ他に、逃げ出せない境遇というものは、今でもれっきとしてこの世にある。

結婚は相手の親を拒否しては成り立たない

結婚はあくまで当人とするのだが、その親を拒否していては成り立たない。相手はいいがあの親は嫌だというのは、まだその相手を本当に愛していない証拠かもしれない。愛というのは、或る意味で横暴なもので、一切の価値観が変わることなど平気である。相手が好きなら、相手がどんな人でもよくなってしまう。どんな病気にかかっていても、どんなおかしな親族がいてもかまわない。むしろ相手が病気だったり、不幸だったりすると、自分しかあの人を幸せにできる者はいないと思えて来る。それは充分に男性的な判断でもあり、母性的なまっとうさでもある。

夫婦関係は簡単なことほど難しい

かつて私はマダガスカルのまるで野戦病院のような産院で、三週間を過したことがある。それは脚光も浴びず、シュヴァイツァー博士もいない小さなランバレネーであった。そこでは、夫婦が生命がけで子供を生む。産婦の多くは栄養状態が悪く、新生児の体重はなかなか三〇〇〇グラムをこえない。四十三歳で十三回目のお産だとか、二十一歳で三人目だなどというのはざらである。七十六人が一月《ひとつき》間に生まれて、四人の小さな命が生きなかった。何しろお産が始まってから、初めてやってくる妊婦も多いから、異常を予防する方法がないのである。三十代の娘の十人目のお産につきそって来たはだしの母親が赤ん坊の元気な顔を見、泣き声を聞くと助産婦さんのシスターと、器具洗いを手伝っていたので一見看護婦に見える私に言った。

「お二人の上に、神さまのお恵みがありますように」

実に生きるということは、スタートから、他人のおかげだということを、もしかすると字も読めないかもしれないこの母親は、思い上がった日本人よりはっきりと知っているのである。

人々から受ける関心を時には嬉しく、時にはうっとうしく感じつつ、私たちは個の確立をせまられる。どこにでも転がっている人間関係であり、夫婦関係である。教養のあるなしに拘わらず、それをみごとにやりぬける人もあり、つまずいて自分を失う人もいる。簡単なことほど難しい。

もしうまく行けば、夫婦は四本脚の安定したものになる。しかし四本脚のびっこのテーブルや椅子の不愉快さというものも、私たちは誰もがいやというほど経験しているのである。

子供のあるなしは、夫婦にとって決定的なことではない

夫婦の間で子供は確かに大きな存在である。ことに子供が、犯罪に走ったり、一生抱えていかなければならないような病気を持っているような場合には、夫婦はその子を助

けていくことを一生の事業にしなければならない。その場合、そのことを辛いことと思って壊れてしまう弱い夫婦もあるが、多くの夫婦はその性格の弱い子、病気の子のおかげで、一生の間、人間として成長し続けることが多い。親は子からも学ぶのである。

しかしごく普通の、時がくれば、自然に巣立って行くような子供の場合、親は或る時期以後、子供とは自然に一定の距離を置くことになるのだから、子供のあるなしは、夫婦にとってそれほど決定的なことではないと私はいつも考えている。言葉を換えていえば、子供にそれほどの執着を持つ夫婦がもしいるとしたら、その夫婦はどこか夫婦として、満たされないところを持っており、それを子供によって代替えしようとしているにすぎないという気がする。

私はまさにそのような夫婦の子供であり、母の生きる目標を一身に集めていたという点では、子供にあるまじきほど、光栄ある任務を与えられていたということはできる。また、私は通俗的な面で、母に充分かわいがられた幸せな娘であった。

しかし夫婦は夫婦、子は子である。子供のできない夫婦が子供のある家庭生活にどれほどのバラ色の夢を抱かれようと、それはその方の自由だが、私から言わせれば、明るいばかりの現実はない。

子供には自分の命を伝えるものがあるからだ、とすれば、その命というものが、自分の遺伝因子を持った者だけだと考えることは狭いと私はこのごろつくづく思うようになった。皮肉を言えば、ぜひとも伝えたい遺伝因子などというものを自分の中に期待できる人は相当の自信家である。しかし、自分の中の、ややましな部分だけを伝えられたらと思うことはあり得るであろう。その場合には自分の血の繋がった子であることは別に必要ではない。人間は生きている限り、自分と接触のある若い世代に、「良い刺激」を与え続けることができる。それが一番まっとうな「命を伝える」作業である。

魂、あるいは精神の子は持って死ぬべきであろう。しかし、生物学的子供に執着することは夫婦の基本的姿とは関係ない。

不幸な家庭も人間を育てる側面を持つ

家庭に問題があるほうがいいのか、ないほうがいいのかといえば、もちろんないほうがいいに決まっています。

けれど、問題があればあったで、いいこともあります。私は、子供時代の精神的な圧迫のおかげで鍛えられ、その後の暮らしには何だって耐えやすくなりました。忍耐できるということは、すばらしい自由の手段ですからね。それに、その時人間観察の基本がつくられたんでしょう。

私は両親の暮らしを見ていて、人間の生涯というものは、どう考えてもろくなものではなさそうだ、と思いましたから、それ以後、不幸にあまり動揺しなくなったんです。何ごとにも一歩下がって見る癖がついたのです。

すると、人間のどんな生活にも、悲しいけれど、人間を鍛える面があるということがわかりました。

もし私が、仲のいい夫婦の子供だったら、たぶん、私は人生の半分しか味わう能力を持たせてもらえなかったような気がします。あの安らぎとは程遠い家庭環境で育っていなければ、おそらく作家にもなれなかったと思います。

親の影響を振り払えない夫と妻はなさけない

夫婦の間に、どちらかの親が強力に存在していて、二人が決して二人だけで結婚生活をしていない、というような夫婦をよく見かけることがある。その場合夫婦のどちらかが（ある場合には二人とも）息子、あるいは娘の立場を脱け切っていないという未熟夫婦なのである。

夫婦がどちらかの親が原因となって夫婦別れすることほど情けないことはないと思う。夫婦は一つの単位なのだから、もし親の影響が、そのなり立ちを侵すほど強くふりかかって来たなら、まず、敢然とそれを振り払うべきだと思う。これが原則である。しかし、それは親のことなどほっておけ、ということではない。夫婦はまず夫婦であってこそ、助け合って、周囲の人々の幸福をはかれるのである。

いつも妻の前で自分の母親の肩を持つ夫などというものは、私は愚の骨頂と思う。夫は男としての複雑さと深謀遠慮のゆえに二枚舌でも三枚舌でも使えばいいのである。母親の前では、母親が正しいように言い、妻の前では適当に実母のワル口も言い、母親には自分の女房がおっ母さんをほめていました、と伝え、女房にはおふくろがお前のことを感心していた、というふうにもって行けばいい。人間はまるっきり嘘はつきにくいから、そう言えるようなちょっとしたきっかけを作るように、女たちをうまく操ればいいのである。それができないような男は、私は男と認めてやらない、ことにしようと思っている。

子どもは与えるだけ与えたら、親から自由に解放してやる

しかし、子供と生きる時間は、実に短いのだ、ということさえ、私は初めは意識しませんでした。子供にしてやれる一つのことは、子供に与えるものだけ与えて、自由に親から解放してやることだ、と今のところ私は信じているのです。体力、才覚、孤独や逆境に耐える力、他人に対する尊敬をもととした温かい人間関係を作る気力、目標、それらのものが、一つでも欠けてしまうと、子供は本当の意味で独立できない。そうなれば、

いつまでも、何らかの形で親の庇護《ひご》のもとにある他はないのですが、それをまたずっとうまく利用している親もないではありません。

＊

非行少年問題を扱う座談会の席で、強盗や殺人のような凶悪な犯罪を犯す子供の家庭は、案外、経済的に一応安定した、教育者の家庭に多いんですよ、と家裁の判事さんからお話をうかがった。私の家も主人は学校の教師である。経済的にも夫婦のどちらかが病気でたおれない限り、働けば安定している。じゃあうちの子は、非行少年になる素質は充分あるんだわ、と思わず口走って、皆さんから笑われるやらなぐさめられるやらであった。

なぜ教育者の家庭に不良の子供ができるかというと、先生の家というのは、多くの場合、折り目正しく、向上心に満ちあふれている。お父さんが、のんだくれて帰って来たり、女をこしらえたりすることも珍らしい。そして子供に接するときも、何か言うと、ふだん使いなれたお説教調がでる。

ところが、人間には誰しも、弱い部分をなつかしむ気持がある。かくれて悪い本も読みたいし、シャクにさわればケンカもしたい。盛り場をうろついたり、ムダなお金を使うことだって、できれば、やりたい。

やりたいと思う方が自然なのだけれど、教育者の家庭は、それをとんでもないこととして、頭からはねつけるような気分になりやすいのだろう。

私は、はためにはしあわせな家庭に育った。しかし、両親の性格は全く合わなくて、子供の私にとっては温い幸福な家ではなかった。私は小さい時から、いつも心をいためていた。父と母と、そのどちらもが、決して大悪人でなく、さりとて理想的な人物でもなく、それぞれにグロテスクなところも、みごとなところも持ち合わせているということを知った頃から、私は父と母を別の角度から見られるようになったし、改めてしあわせな老後を送ってほしいと強く希《ねが》うようになった。

そう私に思わせてくれた理想的でない家庭に、私は本当は心から感謝するべきらしいのである。

第八章

愛は寛容なもの

家庭を保っていたいなら秘密のないこと

ほとんどの場合、夫たちは家庭を大事にしているから、私も共にその方の家族の幸せを考えたい気持になるのである。別の言い方をすれば、私の場合、家庭に責任を取らないような男の人に魅力を感じることはめったになかったといってもよい。結婚に失敗した男や女はいくらでもいるが、その場合にも、配偶者に秘密の相手を見つけて憂さ晴らしなどしていない。きちんと離婚という形で出直してあからさまに路線修正をしようとした人たちである。

毎日が楽しくあるということはすばらしい。ことに結婚した相手が毎日を楽しいと言うことは、明らかに配偶者の功績である。言葉を換えて言えば、まず妻や夫を幸せにできないで、社会的な功績をあげても、何の意味があるのだろうと私は女々しく思う時がある。家庭を保っていたいのなら秘密がないことである。それが平凡な結婚生活の最初で最後の誠実と思う。何故かと言えば、凡人は秘密がない時に、やっと安らかに暮らせるからである。

夫婦間の〝夫の犯罪〟

私は三十代から時々、自分の人生で何がすばらしかったかを考えることにしている。これはいつ死んでも思い残しがないようにしておこうという小心さの結果なのだが、楽しかったことを考えようとすると、決まって真先に私は友人や家族間で交わされた会話を思いだすのである。

そのような会話の中では、私は自分をよく見せるために飾る必要もなかった。人間にはどんな弱さも醜さもあるということが底の底までわかっている人たちだけとだから、ただ心の隅から隅までを丹念に掘り起こしていけばよかった。このような贅沢さと温かさというものは、やはり世の中でそうそう簡単に手に入れられるものではない。私は本当に語って語って語り尽くして死ねそうである。

夫婦ともに黙っていたいという人は、それはそれで、お喋り夫婦にはない「沈黙というぶし銀のような能弁」の贅沢さがある。しかし子供と同じように、自分以外の世界のお話も聞きたがっている妻にとって、うちではあまり喋らない夫というものは実に淋しいだろう。

最近、「大統領の犯罪」とか「総理の犯罪」とかいう表現をちょくちょく耳にするが、黙っていて妻と少しも生きることの感動を分け合おうとしない夫には、「夫の犯罪」が成り立つのではないかと思う。

ハズカシサをものともせず他者をいたわる

知人の老夫人が、東京の盛り場の雑踏の中で、ひどい転び方をした。足が悪いので、おいそれとは立ち上れない。手に持った柿は風呂敷からこぼれ出すし、タクシーはとまるし、ひどくはずかしい思いをした。

第一、誰も、その奥さんに手をかして、立たせてくれなかったのだそうである。その時敢然と、たすけ起してくれたのが、六年生くらいの男の子だったという。

「女も年とっちゃ終りですよ、って息子が言うのよ。にくらしいったら、ありゃしない」

そこで、ひとしきり、老夫人たちの話は、荷物を持って駅の階段を上らなければならない時、タクシーがつかまらない時、道がわからない時、主に若い男たちが、どれだけ親切だったか、あるいは親切でなかったかに集中した。

その結果、別に年には関係ないことがわかった。大変親切にされたという人もあったのである。

私は日本の若い男や女たちが、決してそれほど冷酷なのではないと思う。ただ日本人はハズカシイのである。人前で、自分だけいい子になるように見えるのが、何となくてれくさいのである。おそらく、これほど、外国人に理解できない感情もないのではないか。

手ぶらの夫の後から、荷物をさげた奥さんがとぼとぼと従って行くという日本の老夫婦の姿は、珍らしくない。その夫婦が、深い愛情で結ばれていて、日本人の表現はそんなふうだったのである。

しかし、男でも、女でも、元気な人が、少しでも弱い人をかばうという習慣ができたらどんなにいいだろう、と思う。

年とった人が、若い人から適当な労《いたわ》られ方をすると、その嬉しさは、一生その心から消えないものらしい。そのためにならら、少しくらいの日本的はずかしさなど、ものの数でもない筈である。

とにかくいっしょに住むことが家族の基本

この世には理想的な家庭などないけれど、とにかくいっしょに住むことが家族の基本的な姿である。

つまり私は女々《めめ》しい作家で、決して政治的指導者などにはなりえない、ということがはっきりしただけなのだが、私はこんな年を取らない前からでも、旅行に出る度に、もう人生で残された時間も長くはないのに、夫と別々の日を過ごすとは、何というもったいないことをしているのだろう、と考えていた。

しかしそれでも、私が旅行すれば、夫は「やれやれこれで静かに本が読める」と考え、私も一人で留守番の日が来ると「今日はのんきでいいなあ。友達のうちへ行こう」と喜んだ。そう思えたのもいっしょに暮らしていたからなのである。

最後に残るのは「愛」だけ

私の知人のまたその知人という程度の遠い人のことだが、或る女性が治癒の見込みのないがんに罹《かか》った。その人の夫は画家で、若い時はかなり妻を悩ませるような野放図な女性関係も繰り返したのだが、妻の死病を知ると、突然改悛《かいしゅん》と償いの生活をするようになった。彼は妻の看病に明け暮れるようになったのである。それによって、彼女は病院でも看護師たちから羨《うらや》ましがられるような恵まれた病人になったのだが、気分は鬱々《うつうつ》として楽しまなかった。

私たちはその話を聞いて、口々に勝手な感想を漏らした。夫が改悛して、妻に優しくなったことはいいことだ、という点については誰もが一致していたが、それだけでは病人に生の証《あかし》を与えられないのではないか、と私は考えた。これはいささか悪の匂いのする、悪魔的判断である。

私は夫がそれまでどおり、不実で、妻の重病をいいことに、しきりに秘密の女の家に通い続ける方がいいのではないか、と不謹慎なことを言った。そんな夫だと、その間に彼女の方は、入院先の病院で、思いもかけず昔の男友達に会い、実はあなたが好きだったという告白を受けるというような劇的な運命も開けるかもしれない、と言ったのである。

無限に続きそうな時間の中では、多くの恋もだらけたものになる。しかしまもなく死によって引き裂かれる運命が決まっているとしたら、二人の恋は燃え上がる。それは悲劇だが、人生の最期を飾る上で、こんなすばらしい状態はない。どちらがいいかしら、と私が無責任に笑うと、その会話の中にいた女性は、「私は断然、不実な夫故に、最後の恋に燃える方がいいです」と言い切った。

「じゃ、いい夫になったことは、妻を不幸にしたわけね」

と私は最後まで無責任だった。

最後に残るのは愛だけなのである。財産でも、名声でも、名誉でもなく、健康ですらなくて、愛だけなのである。

だから愛されたことも、愛したこともない人の死は、ほんとうに気の毒だ、ということになる。

相手への感謝の念を忘れずに最後までいたわりつづけられるか

配偶者に死別した場合、あるいは自分が望まなくても捨てられた場合には、ひとりで暮らすことに、ある種の諦めがあるようである。

しかし、自分から望んで離婚した人々の中には、老後になって非常に淋しい生活しかないことに愕然《がくぜん》とする人があるらしい。

私の昔知っていたある夫人は、気むずかしい夫のために、彼女の言葉によれば、地獄のような苦しみを味わった。いつ夫に叱られるかと恐れつづけたために、ハゲになってしまったこともあった。ついに耐えきれなくてこの状態から逃れたあと、彼女は苦労して子供を育て、やがて、息子夫婦は外国へ駐在員として移り住んだ。彼女は、一人きりになってみると、淋しさが身にしみるようになった。

何げなく歩いている夫婦を見ても、あの人たちは二人だからいい、と思う。その息子という人の話によれば、かつて離婚しなかった頃の母は、ひたすら自由に憧れていた。しかし、一人になってしまえば、自分がやっとの思いで得た幸福はただ、不満の種になるだけであった。

憎しみさえも、時には淋しさよりいいということになるのだろうか。このへんのところを、人間はあらかじめ予測することは不可能なのであろうか。

望んで離婚して一人になったのなら、年とった夫婦を見ても、「ああ、あのひとは、年とってまだ夫《ひと》の面倒をみてる。大変だなあ。その点、私は何と楽だろう」と思えなければ意味がないのである。

夫と死別した人もそうである。他人を悪く、自分をよく思え、というのではないが、一人には一人のよさがあることを考えねばならない。

その反対に、昔、仲がよかった夫婦で、夫のほうが、脚《あし》が不自由になった人がいた。

夫は大男であった。お手洗いの介抱をするにも、容易ではない。老婦人は小柄な人であったが、しだいに看病するのを、こぼすようになった。早く死んでくれたほうがいい、と口に出して言ったわけではなかったが、そうとしか聞こえないような言葉を口にするようになった。

人間は弱いものだから、自分を庇護《ひご》してくれていた間だけ感謝し、自分のお荷物になると憎むようになることもあるかもしれないけれど、昔、仲のよかった夫婦なら、相手に対する感謝の思いを示すためにも、優しく労《いたわ》り続けるべきではないかと思う。そうでなければ……あまりにも侘《わび》しい。

望むなら女も人間として社会に出るべき

傷つき疲れて帰って来た人には、家庭は休息の場である。家庭のよさをしみじみ思うのは旅から帰って来た時だということはよくある。しかし旅だけだったり、旅には出られないということになると、休息の場である筈の家庭も、女にとっては、退屈な牢獄としか思えなくなる。

社会は実に複雑なおもしろい所である。残酷なこと、卑怯なこと、偉大なこと、明かるいこと、絶望的なことに満ち満ちている。そして男たちの絶対多数は、いいにせよ、悪いにせよ、社会から切り離されては、自分は生きていかれない、と知っている。その癖、妻に対しては、女だから、という名目で、社会に出る必要はない、という。旨い味は女房には教えないのである。

結論を言うと、もし望むなら、女は人間として、社会に出るべきだと私は思う。金のためでもなく、同権を立証するためでもない。女は夫や子供からも学ぶが、何よりも社会はいい教師である。社会があり、家庭があり、その両方の間を動き廻って、学んだり、楽しんだり、疲れたり、うんざりしたりするのが、人間の自然の姿かたちでもある。

それに気づかないか、気づかないふりをしている夫たちは、晩年になって恐らくいかに平穏な家庭を妻に与えることに成功していても、全面的には感謝されないだろう。社会を知らず、社会で働かなかった妻（もちろん例外はたくさんあるが）たちの中には、満たされたはずの心のどこかに、自分はいったい何をして来たのだろう、という満たされないものを感じているケースが多いのである。

＊

私は昔から何かに溺《おぼ》れやすいたちであった。ある時、私は夫から「知寿子《ちずこ》（私の本名）は情が深いたちだから」と言われた。何も知らない人は、これは夫が私の性格に惚れて、ほめる意味で言ったのだと思うだろう。

私はその当時、睡眠薬中毒になりかかっていた。そして夫は、私のそういう、何ものかにべとべとと深入りすることに手をやいていた。ただ正面切って非難すると、あらゆる意味で自信を失っていた私は逆上する恐れがあったので、彼はそういう言い方で遠回しに私を牽制《けんせい》したのであった。

＊

私は毎日ご飯を食べる茶碗にも湯呑にも、いささか気を配ってきれいなもので飲食したいのだけれど、夫はほとんど無趣味であった。大切なのはご飯そのものであって、茶碗ではない、という考え方である。

しかし彼の七十歳の誕生日に、私はたまたま通りかかった陶器市で、茶碗を一つ千円で買って贈ることにした。招き猫が一匹、正面と後ろ姿でついている。正面には「大入・商売繁盛」の文字も添えられていて、つまり全くくだらない俗悪趣味の飯茶碗なのである。

夫は珍しく、その茶碗を愛好した。

私たち夫婦は、あまり似ているとは言えないが、いくつかの点では一致していた。人がゴルフをやる時はゴルフをやらなかった。軽井沢に別荘を買う人が多かった頃、海辺へ逃げ出した。バブルの時にも投機的なことは、何一つしなかった。そうしたくだらない抵抗には、自分は自分という立場を保とう、という姿勢をできれば維持しようということだった。

人よりぜいたくをする面も当然あるだろう。しかし人より質素な面もあって当たり前だ。人が欲しがるものと、私が欲しいものとは、違うのが当たり前なのである。

先日、再び有田へ行った時、私は夫に二つ目の茶碗を買った。マンガのようなユーモラスな鬼の模様で、二つの眼が、一つは上目遣い、一つは下目遣い、とめちゃくちゃなものである。夫はこれも気に入った。

「この茶碗を作った奴は、多分親方に怒られただろうなあ。もう少しまじめに売れそうなものを作れ、って」

「売れたじゃない」

と私は言った。

「しかし、その店でもう五年も売れ残っていたのかも知れない」

「でも絵はうまいわよ」

「うまいから、もっと芸術的な絵柄を描け、っていうことになるのよ」

夫と私は、くだらないことで人生を笑い楽しんできた。偉大な人やことがらに感動できるのも一つの才能だが、くだらないことを楽しめるのも、やはり才能だと思うことにしよう、と決めていたのである。

妻は夫を精神的に殺すこともある

ある奥さんは、夫が死ぬまでに稼ぐ金を表にして貼りつけてあるのだという。貯金も目標額と実際に溜めた金額との差がわかるようになっている。

こうなると、夫はろくろく酒も飲めない。つき合わないか、もしつき合うとすると、自分の財布をかばって、何とかして少しでもひとにたかろうとする。組織の中で、できるだけ実力を貯え、他人に拘束されない強い自由な意志力を持つべき夫が、鵜飼の鵜のようにくっつけられた首カセのおかげで、奔放な精神をまったく失ってしまう。この場合、妻は夫を肉体的に生かすのだろうが、精神的には殺すのも同然である。

妻の無知を利用して喜ぶ夫は無気味である

男たちの中には（それも世間的には働きのある有能な家長と思われている人々の中

に）妻が学問などなく、何もわからないことを好む人がよくある。学問のないことと、賢さとはまったく別のものなので、全くの無学でも身についた直感のようなもので何事によらず賢明な判断をして行く女性によく会うが、さりとて女は無学なほうが従順でかわいいという論理もまちがっている。恐らくすべての学問芸術などというものは、その道を極めれば極めるほど、自分の知り得た部分の小ささがわかるはずで、それによって奢ることなど考えられない。学問をしたからと言って誇るのは、だれに限らず愚かさのあらわれである。

やはり私の目から見て気味の悪いのは、知識的な夫が、無知な妻を、うまく利用して使っている場面に出会わすことである。

愛はみつめあうのではなく、同じ未来を見ることにある

私は学校で習ったんですけど、愛というのは、みつめあうことではない。同じ未来を見ることだ、というんですね。

そう考えると、一見とるに足らないときどきの思い出というのは過去形ではありますが、一種の未来なんですね。あれはどういうものだったのかなあ、なんで感動したのかなあと。なんで女房はあの時に立ち止まったのかなあ、なんで夫はあれを見た時に非常に楽しそうだったのかな、と思うようなことは、その意味がまだわからないという点において共通の未来なんです。それを持つということは、一種の豊かさなんですね。

結婚によって一心同体になんかなれない

子供を持っても持たなくても、本来人間は孤独である。結婚をしてもしなくても、本質においては我々は淋しいのだと思う。ただ、それに気づかないでいられればしあわせだ、というだけのことなのである。

結婚によって一心同体になれるなどということは嘘である、と日本を愛してなくなったカンドウ神父は言われた。結婚の幸福とは、相手と見つめ合うことではない。二人が同じ未来を見つめ合うことだ、とも言われた。

結婚は〝闘争状態〟が自然である

うまくいくのは奇跡、まずく行って当り前というのが、結婚というものに対する私の幼い時からの実感であった。父母が仲の悪い夫婦だったからである。私は仲の良い夫婦など実際にはある訳はないと思い、平和な家庭と聞くだけで虚偽的だと感じるようになった。この思いは、今でも変らない。人生はたぶん（わかったそぶりをするつもりはないが）闘争の状態が自然なのであって、平和はかりそめの危うさを思わせる。私自身はもう半世紀以上、結婚生活を続けてきて、それは八、九割、共同生活者の寛大さによるものだと感謝してはいるけれど、「おたくはおしあわせだから」などと言われると、一度にあれこれと雑多な想念が頭に浮かんで来て背骨がカタカタと音をたてて鳴り出しそうな気がする。ことに、作家だと言われているような人からそういうせりふを聞かされると、アレ、しあわせな人生などというものがこの世にあると今でも信じている人がまだ作家の中にもいたのかしら、と思い、次の瞬間にいや、つまりその言葉はわれわれ夫婦はアホだということなんだな、と思いなおしてはじめてしっくり納得する。愚者にこそ純粋な幸福は配られるのではないかと、私はかねがね思っているのである。

他人を自分の価値観に置いて考えない

先日、聖書を読み返していたら、聖パウロの書簡のうちの一つ「コリント人への第一の手紙」の十三章の有名な愛の定義の部分にぶつかった。

これは「愛」をたった十行で書いたものだが、その最初は「寛容」から始まっている。

「愛は寛容なもの、
慈悲深いものは愛。
愛は、ねたまず、高ぶらず、誇らない。
見苦しいふるまいをせず、
自分の利益を求めず、怒らず、

人の悪事を数え立てない。
不正を喜ばないが、
人と共に真理を喜ぶ。
すべてをこらえ、すべてを信じ、
すべてを望み、すべてを耐え忍ぶ」

寛容は「他人の存在や行為を自分にとっての価値において考えないこと」だという。

愛せないものを排除するか抱きこむか

愛は、愛せないものを排除するのではなく、そのまま抱きこむことだと聖書は言うのである。叱ってなおさせようとするのもいいのだが、聖書はどちらかというと「何があろうとそのまま」という姿勢のように見える。その方が実は怖い。

受けるだけでは魂が死ぬ、人のために働くのが人権

人は受けるだけでは魂の死に至る。尊厳も失う。人のために少しでも働く光栄を、最後まで残しておくことが、むしろ人権だ。そして少しでも前進するために、努力も忍耐もし、危険も冒すことを認めるべきなのだ。

第九章

人生の理

人生には共に暮らす相手が要《い》る

しかも最大の取り柄は、私の人生における持ち時間（つまり寿命）がもうあまり長くないということだった。だから、よくても悪くても、深く喜ぶ必要も嘆くこともない。今日がほどほどにいい日なら、それでいいのである。

この先、生きる日々が長い人（つまり若い人）なら、体を治すことに全力を挙げる方がいいだろう。しかし人生半ば、あるいは三分の二は過ぎたという人なら、もうあとの人生は惰性で生きてもいい。（略）

人生は時のリレー競走である。私たちはいずれは死ぬのだが、その時々で、人間として果たすべき役目がある。私たち夫婦の場合、それは最初は子供、それから私たち夫婦が背負うべき三人の老世代（夫の両親と私の実母）の老後を看取ることだった。

私たちは彼らと一緒に住み、孝養を尽くしたわけではないが、日々を一緒に過ごした。それはしかし、どんなにいいことだったか、今になって私はよくわかる。

平凡な日々を共に生きて単純な会話を交わし、日々の「ご飯を一緒に食べる」ことが、実は人を生かす基本的な条件なのである。こんな単純なことを何とかできる状況にいても、現実には共に暮らしていない家族が実はたくさんある。

人を生かすということは、物質的な条件を満たし、日々の生活実態を整えることだけではない。人には共に暮らす相手がいることが必要だ、と私は思っている。もちろん、それは別に血の繋がった家族でなくてもいいのだが。

＊

牡の直助《なおすけ》は「今日はどういう理由で何時に帰るから」と言えば、おとなしく待っているが、黙って置いて出ると、家の中のものを散らかして、いやがらせをする。

最近の私の生活は、猫たちと一緒だ。夜私が九時頃寝室に行くと、もう直助か雪が、私のベッドに上がり込むか、閉められたドアの前で張っている。

夜中に雪は何度も私のベッドに上がって、私の耳に頬ずりするので、私は猫アレルギーを起こしてしまった。痒いぶつぶつが出たのである。

朝いつまでも寝ている時は、私は「規則正しい生活をしなさい」と言って、猫軍団を階下に追いやる。すると二匹は直助が必ず先に立って、隊列をなした潜水艦みたいに階下に下りて行く。しかしその後の彼らの生活とは付き合い切れない。猫は昼寝をするのが仕事だ。私も怠けてはいるが、それほど眠らない。夜は彼らの方が、私より先に、私のベッドに上がっている。

＊

「女優で日本舞踊家の朝丘雪路《あさおかゆきじ》さんが東京都内の自宅で死去したことが分かった。八十二歳だった。アルツハイマー病で闘病していた」

ご主人の津川雅彦さんは、テレビでは、穏やかな表情だった。私にも少しは思い当たることがあるが、看病のための或る程度の日時が与えられていると、残された者は、平穏な気持で死者を見送れる。私など三浦朱門にほとんど何の心配もない死を用意できた、と思っている。家族に病人もなく、一家は係争事件に巻き込まれてもいず、差し当たり生活にも困らず、生きる目標もまあそれぞれに持っており、なおかつ国家社会が安定して規則正しい運営をしてくれている。家族を残して去るのに安心できる状態だ。

義務感からではなく、相手に自分を与える

この二人の中年の夫婦は、絵に描いたような（という言い方は決して作家的ではないが）アメリカ人だった。善良で、まっとうな話が通じ、親切だった。ただ奥さんの方は痩せて弱々しげで、しばしば食堂に出て来なかった。ご主人によると、船酔いがある、ということだったが、それは言い訳のようにも聞こえた。この巨大な船はほとんど揺れらしいものを感じないのである。

しかし……と私はそこで少し作家的な心理になった。あの奥さんのひきこもり方はただごとではない。奥さんが食事に出て来なければ、ご主人は、否応なく私を相手に食事をすることになる。別にどうということもないけれど、普通のアメリカ人なら、そういう機会を作らないようにするのではないだろうか。もっとも私のアメリカに関する知識は、ほんの二ヶ月半ほど一家で暮らした小さなアイオワの大学町の生活と、そこそこの

読書と、戦後の憧れを一手に引き受けたハリウッド映画の世界だけなのだから、そういう判断も早とちりというものだろう。

私の作家的な想像の中で、この夫婦はかなり悲劇的なドラマをかかえているのではないか、という可能性さえあった。妻の痩せ方は普通ではない。額や頬の骨格が見えるように思えることもあった。歩く時も、夫の手にすがっているほどだった。もしかすると、彼女は、もう回復の希望のない癌患者で、夫婦はこれが最後の旅になることを覚悟の上で出て来たのではないか。

そんなもやもやの中で、初めての日曜日に、私はカトリックのミサでこの夫婦と会ったのだ。金曜日にはイスラム教の、土曜日にはユダヤ教の、そうして日曜日にはカトリックの、礼拝が行われるので、それぞれの「お坊様」も乗っているのである。

あまり出席者も多くなかったせいか、ミサに来ていた東洋人は、私の他ほんの数人だったので、私たちはすぐに眼を合わせ、向こうも驚いたような顔をし、私もカトリックの少ないアメリカで、二人がカトリック教徒であることにびっくりした。そしてそれがきっかけで、私たちは、お互いに私的な生活の一部を語り合うようになった。

驚いたことに、この世で最後の旅どころか、二人は新婚旅行だった！　二人はバハ・カリフォルニアと呼ばれるメキシコに近い土地の、同じ町に住んでいた。夫の方は自分の手がけている会社で数人のメキシコ人を使う必要があったし、妻の方も土地柄スペイン語を話す必要があって、二人は同じ語学教室に通っていて、そこで知り合って結婚することになったのである。二人は再婚同士で、日本風に言えば「子供持ち寄り結婚」だった。もう記憶が確かではないのだが、ご主人の方に息子二人、奥さんの方に娘二人、のような家族構成だったが、子供たちは全員がほとんど成人しているので、二人の再出発に支障はないらしかった。

ほんとうによかった。二人の老後はこれで明るいものになる、と私は感動した。その話をしたすぐ後に、ご主人の方は「妻はパーキンソン病なんです。それで疲れ易くてすぐにベッドから出てこられなくなるんです」と付け加えた。

私は何も気づかないふりをしていたが、その時の感動は大きなものだった。彼は妻の病気を知って結婚したのだ。妻の老後には、自分のような立場の者の支えが必要だから、むしろ結婚した、という感じだった。決して義務感からでなく、彼は「それをするのは、自分しかいない」と思ったからだろう。

親たるもの、舌によりをかけて子供を褒めてやるべき

親の叱る言葉には、やはり、意識せずして実に無残なものがある。

「あなたって、本当にダメな子ね」

と言われて、親から心がそれない子がいたら、それこそお目にかかりたいくらいである。私は、これでも親子だろうが、夫婦であろうが、はっきりした節度と礼儀を持つべきだと考えているのである。というと私の親しい友だちは私の日常生活ぶりを思い出してゲラゲラ笑う。たしかに、私は行儀はよくない。家にいる時は夫と息子と二人の男を相手に喋り方も男言葉で、お世辞にも上品とは言いかねる。ケンカも売られないうちから買ってもいいくらいに考えているのは本当だけれど、それでも、夫と子供に言ってはいけない言葉というのはあるつもりなのである。

私が自分に禁じているつもりなのは、彼らの才能を根本からない、と決めつける言葉

である。言い方から見れば、それは愛情だというかも知れない。しかし、一人の人間の本質的な部分を全面的に拒否するような言葉がいい結果を生むとは思えない。私がもし、けなされた当事者だったら、私は平凡な心理的反応しか示さない子供だったら、ふてくされて「どうせ、オレはだめなのさ」と全くやる気をなくしてしまうだろう。子供がダメな子だと思ったら、親たるもの、一層、舌によりをかけて褒めてやるべきなのである。

一生かけてやっと一人の異性がわかるかどうか

私たちはまだこの町を知り尽くしていない、という悲しみを味わっていた。一つの町、そこに住む人々と丹念に知り合うことこそ、生きることではないか。住んだと言いながら、人間は我が町を何も知らぬままに一生を終る。ともに暮したと言いながら、惰性的な夫婦は相手の性格を何も見抜かぬままに死んでしまう。

一つの町を知り、一人の人間を知る。何という小さな「事業」だろう。それすら一生の仕事なのだ、ということが、私は悲しくはあったが温かい気分でもあった。

しかし、丹念に生きれば、つまり絶対多数の人間の——つまり我々の——生活はそんなところあたりに落ち着くほかはないのである。

一生かけて、やっと一人の異性がわかるかどうかという有様なのに、若い人々はどうして相手を見抜くのか。初婚は三十歳ぐらいになってから、という説を唱えられる学者もあると聞いて、私は深く納得したのだった。しかし目が出来るまで結婚を待つということも不自然かもしれない。人間のあらゆる行動は決して理性的ではないからである。

＊

夫婦の相性は、決して、最近の女性週刊誌が親切に書いてくれているような手相や占星術によって割り出されるものでもなく、世間の常識にしたがったつりあいなどというもので決まるのでもない。二人の性格や心理がどのようなものであるかによって、夫婦の共同生活が煩わしい、あるいは煩わしくない心のひずみを生む。人間の心の神秘性は、今でも多分に残ってはいるだろうけれど、その広汎《こうはん》な部分は、かなり科学的に、解きあかされている。

今や自分にとっても便利なことだけをしている

前にも書いたが、私は夫の死の頃、台所に変形の丸いテーブルを注文していた。七人はお茶が飲める。そこに始終、イウカさんと私以外の人が来て、食事をしたりお茶を飲んだりしている。あまりお金をかけずに、いい設備をしたのである。そのテーブルの端っこに、週刊誌見開き分くらいしかない小型のテレビは置いてある。台風とか、何か特別の事故とかが起きたような場合に、ニュースを知らないままでは済まない時にはつける。

椅子は七脚あって、そのどれかに直助と雪の二匹の猫が寝ている。ここは床に暖房が入っているので、猫にとってはまことに居心地のいい場所なのだ。ペットを自分の居たい場所に居させる、というのは、甘やかすことで、本当はよくないのだろうが、私は今や自分にとっても便利なことだけをしている。飼い主の愚かさの典型で、私も直助と雪を、本当に頭のいい、人間の言葉のわかる猫だと思っている。しかしひどい目にも遭《あ》った。

或る晩、寝入りばなに、私は顔のあたりで雪の気配を感じた。ベッドに飛び乗ってきて、私の頬を髭《ひげ》で触った。私はわざと半覚醒の状態で、雪に言ってやった。

「失礼ですが、どなたですか。お名前は？」

雪は答えずに、そのまま暫《しば》く、私に顔をすりつけた姿勢で眠った。

これがいけなかった。夜中に私は耳が痒《かゆ》くなった。耳の一番外側にも、裏の凹みにもぶつぶつができている。蕁麻疹《じんましん》のようにも思えるが、猫の毛皮との接触がきっかけだということは明らかである。数日後に、私はホームドクターから痒み止めをもらった。

「雪にやられた」

と、私は思った。何のことはない。ペットでも夜一緒に寝たりしてはいけない、というだけのことである。けじめ、というものは大切なのだ。

「今晩この屋根の下」にいる命に対し、猫にいたるまで責任を持つ

夫が亡くなったあと、彼の部屋を整理していて偶然見つけたへそくり12万円で猫を買

った。それがオスのスコティッシュフォールドの直助です。猫に詳しい方に、猫は１匹で飼わないほうがいいよと言われたので、２匹目を買いました。同じ種のメスで、一応白い長毛だったので雪と名づけた。

２匹の猫は、朝目覚めると私の部屋の前で待っている。餌をやらなきゃいけないから、寝ていたくても起きて、２匹を従えて下へ降りる。そうでなければ、いつまでもベッドの中にいるかもしれない。

私は、この家では「猫のお母さん」と呼ばれるようになった。庭に咲く花なら数日水をやらなくても大丈夫だが、動物は違う。毎晩寝る前には、二匹の猫をぎゅっと抱いてやるようにしています。そういうことだけは手抜きをしない。

「袖振り合うも多生の縁」で、周りの人が明るくなれるように、ささやかなことをすることを最後まで理想としていけたらいいと思う。体力がなくなり、さぼるようにはなってきたが、お手伝いさんの健康も大事だから、食事はなおざりにはしない。今日も駅前のスーパーでいろいろと食材を買ってきたところだ。

人間はもちろん、猫にいたるまで、「今晩この屋根の下」にいる命に対しては、責任があると思っているのである。

家の灯りが見える、それも一つの幸せの証

私は夜、家に帰ってきた時についている明かりというものにも、かなり拘泥するたちだった。うちに帰ってきて家の中に灯火が見えれば、誰かがいるという証拠だから私は安心した。さらに冬の寒い時期に家のドアを開けてわずかでも温かければ、それも一つの幸せの証拠だった。

こうした幸せを自ら断った人を、私は知っている。彼は私から見ると素敵な男性だった。外見も魅力的だし、職業的にも華やかな人だった。後年彼は私に、当時の心境を話してくれたのである。

この夫婦は、夫がアメリカで数年の訓練を受けた後、帰国することになった。しかしその時になって妻は日本に帰りたくない、と言った。隣家のご主人を好きになっていたのであった。結局この夫は妻を残して帰国したのだが、二人は離婚を禁じられているカ

トリックであった。

それは教会の掟《おきて》に背く行為でもあった。しかも彼は、妻を嫌いになったのではない。だから妻を別の男の手に委ねて帰ることは実に辛いことだった。しかし彼は妻がそれほどに願った幸せを、どうしてもつぶすことはできなかったと私に語ったのである。そんなことをすれば、自分は後で一生、一人の人間が望んだ幸福を踏みにじった残酷な男になる……。

彼が日本に帰ってきたのは、寒い季節だった。あらゆる面で生活は変わったのだが、何より早々と暮れる冬の日に、まっ暗い、しかも火の気のない冷えきった家に入るのが辛かった。

幸福でも不幸でもない人生

或る時、私は住所も署名もない手紙をもらった。

「天の神さま、仏さま、お星さま。

今晩は。

また今日も、お引取りがありませんでした。

いつ死んだらいいのかわかりませんので、お任せいたします。どうぞよろしくお計らいください。

今日まで、ありがとうございました。よくも悪くもない人生でした。

私は夫があまり好きじゃありませんでした。でも正しい人ですから、こんなものかと思いましたです。悪いと言ったら、私の方がずっと悪い根性でした。

主人の母は何でもできましたが、厳しい人でした。実家の母が、死ぬ時も帰してくれませんでした。一人になった実家の父が、足を折って寝ていても、帰してくれませんでした。

主人の父は無口で卑怯な人でした。義母が私に辛く当たった時にも、私を少しも庇《かば》ってくれませんでした。顔を背けているだけでした。

根性の悪い私は、見つからないように、仕返しをしました。

まず、主人の母が寝つくようになって、口がよくきけなくなった時、私は枕の下から、報復でお金を盗みました。そしてそのお金でオルゴールを買ってしまいました。

主人の父が惚けた時、私は仕返しに財布を盗みました。そしてそのお金で夜香木の苗を買いました。今でもその花はよく咲いて匂います。

もうすぐ、私たちの時も終わります。幸福でも不幸でもない一生でした。子供、二人授けて頂きましてありがとうございます。今一人は、南アに、もう一人はサウジ・アラビアにおります。子供がいる、というだけです。遠い遠い国ですから、共に暮らすことはできません。子供はいるというだけです。

でも、私は多くを望みませんでした。多くを望めないことを知っていました。多くを望むと、不幸になることを知っていました。

もし、もう一度人生をやり直す、ということになったら、私は夫とは結婚しません。夫と結婚さえしなければ、夫の両親を怨むこともありませんから。そして私は麻薬中毒患者として生きます。阿片を吸って一生暮らします。正気で生きることは辛いばかりでした。私は今度こそ麻薬中毒患者として生きます。

生きているうちにした悪いことを、悔やんでから死ぬように言われました。

私は今までに三度、人を好きになりました。

一度は女学校の時の受持の先生。

二度目は夫の部下。

三度目は、姑の主治医です。

受持の先生には奥さんがおられました。ですから、私は何も言いませんでした。でも、今でも恋しく思います。もちろんもう亡くなっておられますけどね。

夫の部下は十三歳年下でした。一度だけ接吻されました。体中が痺《しび》れました。でもそれだけでした。十三歳年下なんて、自分でも趣味悪いと思いましたから、向こうにとっても同じですわね。

姑の主治医は美男でした。でも何を考えているかわからないような美男でした。あれはきっと相当な藪医者だったと思います。姑を死なせたんですから。でもそれを私は、彼の私への贈り物と感じました。

このようにして三度、夫を裏切ったことをお許しください。

もう夫は私から遠くなりました。私は彼の関心の中にありませんし、彼は私の関心の中におりません。死は、本当に死ぬ前にやってきます。二人共、もうずっと前から少しずつ死んできました。それを夫は自覚していないのです。

できましたら、満月の晩にお引取りください。どこへ行ったらいいか、あの世への道がわからないと困りますから」

＊

日本の戦後のこれほどに長い平和の中で人生を過ごせたことは最高の幸運だった。息子も孫も、自分の未来を自由に選べる、と思える贅沢を与えられた。私はその幸運を、最期に深く感謝して死ぬだろうと思っている。

人間は、群れの中にいる時と一人になる時に、自分を発見する

人は孤独な時間を持たない限り、自分を発見しない。人は二つの場面で自分を見つけるのである。群れの中にいる時と、自分一人になる時とである。

人中にいる時も、辛いことがある。自分が何気なく言った言葉で相手を傷つけてしまったのではないかと思う時や、自分の能力や配慮のなさが相手との対比の中で際立って見える時である。

そういう時には、自分一人になりたいと思う。一人なら、相手を傷つけないし、比べられることもないし、バカ丸出しのような失敗もしなくて済む。

しかし今の人たちは、この相対する二つの時をそれなりに自覚して使ってはいないようである。友だちといっしょにいても、わあわあ賑やかに騒ぐだけで、その時間に相手の人格を観たり、相手の言葉に慰められたり、勇気づけられたりしたという記憶もないという。

「一人でいる時間多いですよ。僕あまり外へ行かないから」という青年に時間のつぶし方を聞いたら、パソコンでゲームをしたり、ケイタイでチャットをしたりしている。決してほんとうの孤独を味わってもいない。孤独というものは、世間の誰もが、自分のことを忘れているのだ、と辛く思う時である。

一人でいる時間が大切だとすれば、それはいうまでもなく孤独と対峙することが主題なのである。

老年には、適当な時に死ぬ義務を果たす、という責任がある

老年には、病気とあまり丁重に付き合わない人の方がぼけもせず、健康なように見える。利己的でなく他人の面倒をみたり、少なくとも自分の暮らしを細々と背負って立っている人は、認知症にもあまりなっていない。子供や施設が万事面倒をみてくれると思って安心した人の方が、ぼけが出やすいようだ。

私はあまり体に気をつけない。

しかし毎日自分で食べたいおかずを作り、庭の畑で菜っ葉も採っているから、その方が薬より効きそうに感じている。

老年には、他人に迷惑をかけない範囲で自由に冒険をして遊び、不養生をして適当な時に死ぬ義務を果たさなければならない。

自分が「完成する日」、が旅立ちの日

ただ、人間は変わる、ということだ。変わり得るということである（もちろん、ろくでもない方に変わるということもあるのだけれど……）。そして変わるためには時間が要るということだ。それはいつなのか分かりません。うんと年取って、それこそ、八十、九十を過ぎて、しかも死ぬ前日に変わることもあるのだろう。その日が私たちの完成の日として私はそれを祝うことにしよう。

出典著作一覧（順不同）

《書籍》

『夫婦のルール』講談社
『最高に笑える人生』新潮社
『夫婦、この不思議な関係』ワック
『晩年の美学を求めて』朝日新聞社
『人生の原則』河出書房新社
『あとは野となれ』朝日新聞社
『愛のあけぼの』読売新聞社
『円型水槽』中央公論社
『人びとの中の私』海竜社
『不幸は人生の財産』小学館
『戦争を知っていてよかった』新潮社
『私の中の聖書』ワック
『曽野綾子の人生相談』いきいき
『続誰のために愛するか』祥伝社
『思い通りにいかないから人生は面白い』三笠書房
『人間の基本』新潮社
『人はみな愛を語る』青春出版社
『仮の宿』PHP研究所
『夫婦の情景』新潮社
『老いの才覚』KKベストセラーズ
『三秒の感謝』海竜社
『曽野綾子自伝この世に恋して』ワック
『ただ一人の個性を創るために』PHP研究所
『我が家の内輪話』世界文化社
『なぜ人は恐ろしいことをするのか』講談社
『結婚は、運』PHP研究所
『老いを生きる覚悟』海竜社
『ギリシア人の愛と死』講談社
『堕落と文学』新潮社
『二十一歳の父』新潮社
『安心したがる人々』小学館
『バビロンの處女市』河出書房
『誰にも死ぬという任務がある』徳間書店
『アレキサンドリア』文藝春秋
『安逸と危険の魅力』講談社
『完本戒老録』祥伝社
『辛うじて「私」である日々』サンケイ出版
『至福の境地』講談社
『私の漂流記』河出書房新社
『絶望からの出発』講談社
『老境の美徳』小学館
『飼猫ボタ子の生活と意見』河出書房新社
『生きる姿勢』河出書房新社
『旅立ちの朝に』新潮社

《雑誌》

『Voice』「私日記」2018年5月号
『Voice』「私日記」2018年6月号
『Voice』「私日記」2018年8月号
『Voice』「私日記」2018年9月号
『新潮45』「人間関係愚痴話」2018年7月号
『婦人公論』「寂しさは埋まらなくても友と猫と食事があれば」2018年9月11日号

著者プロフィール

曽野綾子

そのあやこ

1931年東京生まれ。作家。聖心女子大学文学部英文科卒業。

『遠来の客たち』（筑摩書房）が芥川賞候補となり、文壇にデビューする。

1979年ローマ教皇庁よりヴァチカン有功十字勲章を受章。2003年に文化功労者。

1972年から2012年まで、海外邦人宣教者活動援助後援会代表。

1995年から2005年まで、日本財団会長を務めた。

『無名碑』（講談社）、『天上の青』（毎日新聞社）、『老いの才覚』（KKベストセラーズ）、『人生の収穫』（河出書房新社）、『人間の愚かさについて』（新潮社）、『人間の分際』（幻冬舎）、夫で作家の三浦朱門との共著『我が家の内輪話』（世界文化社）、『私の危険な本音』『死ぬのもたいへんだ』『我が夫のふまじめな生き方』（小社刊）など著書多数。

夫婦という同伴者

二〇一九年一月二十五日　第一刷発行
二〇一九年二月九日　第二刷発行

著者――――曽野綾子
編集人・発行人――阿蘇品 蔵
発行所――――株式会社青志社
〒一〇七-〇〇五二　東京都港区赤坂六-二-十四　レオ赤坂ビル四階
（編集・営業）
TEL：〇三-五五七四-八五一一　FAX：〇三-五五七四-八五一二
http://www.seishisha.co.jp/

本文組版――――株式会社キャップス
印刷　製本――――株式会社新藤慶昌堂

ISBN 978-4-86590-077-4 C0095